나의 친애하는
악플러

나의 친애하는 악플러

초판 인쇄	2024년 10월 18일
초판 발행	2024년 11월 5일
지은이	나윤아
펴낸이	이재일
책임편집	진원지
디자인	김유진
편집·디자인	한귀숙, 김채은, 고은하
제작·마케팅	강지연, 강백산
펴낸곳	토토북
출판등록	2002년 5월 30일 제2002-000172호
주소	04034 서울시 마포구 잔다리로7길 19, 명보빌딩 3층
전화	02-332-6255
팩스	02-6919-2854
홈페이지	www.totobook.com
전자우편	totobooks@hanmail.net
인스타그램	totobook_tam
ISBN	978-89-6496-523-8 43810

악플러

나의 친애하는

나윤아
지음

팀

차례

김주언

그러니까 그때 나는 어딘가에 존재하고 있을 신에게 감사를 드리고 있었다. 조수석 창문을 내리고 쏟아지는 상쾌한 바람과 산뜻한 햇빛을 느끼면서, 허벅지에 닿는 벤츠 E클래스 통풍 시트의 촉감을 즐기면서 '어쩌면 인생이 이렇게 아름다울까.' 하는 생각을 했었다. 정말 모든 것이 완벽하게 아름다운 날이었다.

'복도 많은 놈.'

느긋하게 의자에 등을 기댔다. 그래, 나는 참 복이 많은 놈이었다. 외제 차 두 대를 각각 메인 카와 서브 카로 무리

없이 유지할 수 있는 넉넉한 집안 형편, 어릴 적부터 찬사 받은 수려한 외모, 또래에 비해 훤칠한 키와 건장한 체격, 축구 선수라는 꿈을 이루기에 부족함 없는 재능, 아직 중학생에 불과한데도 인스타 팔로어 수가 2만 명이 넘는 준인플루언서라는 사실과 실제로도 친구가 너무 많아서 생일에는 쏟아지는 SNS 메시지를 감당하기 힘들 정도라는 것 등 복이 아닌 게 없고 아름답지 않은 게 없었다. 어쩌면 이 모든 게 신의 가호가 있기에 누릴 수 있는 것은 아닐까 하는 직감 같은 것이 마음을 스쳤다. 그 영적인 직감은 곧 '아하, 나는 신의 가호까지 받는 사람이구나.'라는 묘한 감동으로 이어졌고, 지금 생각하면 우스운 그 감상에 푹 젖어 들고 있었다.

"어?"

그리고 바로 그 순간에 뭔가 섬뜩한 것이 목덜미를 쓱 스쳤다. 아까의 직감이 영적인 것이라면, 지금의 직감은 동물적인 본능에 가까웠다.

빠앙-!

귀를 찢는 듯한 경적이 너무 가까운 곳에서 들렸다. 자동차 클랙슨이 아니라 마치 뱃고동이 울리는 것 같았다.

무슨 일이 일어나고 있는지를 알아차릴 새도 없이 뭔가가
시작됐다.

　그리고 내 인생에 드리웠던 신의 가호는 열여섯 살 여
름 그날, 끝장이 났다.

최유안

그 시절의 나는 매일 누군가를 원망했다. 그 대상은 신이었다가 엄마가 되기도, 아빠가 되기도 했으며, 나 자신이 되기도 했다. 원망의 내용은 다양했지만 주제는 결국 하나로 귀결되었다. 내가 동남아시아계 혼혈이라는 것.

'첫딸은 아빠를 닮는다는데 왜 나는 엄마를 이렇게나 닮은 거지?'

엄마는 캄보디아인이다. 피부가 까맣고, 선천적인 주근깨가 있으며, 눈이 꼭 올빼미같이 부리부리하고, 눈썹과 속눈썹이 매우 짙고 풍성했다. 엄마보다 열 살이 많은 아빠는 전형적이고 평균적인 한국인 외모였다. 쌍꺼풀 없이 크지도 작지도 않은 눈. 네모난 얇은 뿔테 안경. 무뚝뚝한 표정. 종종 마주쳐도 특별히 기억에 남지는 않는 무던한 인상이었다. 그런 아빠를 닮았더라면 좋았을 텐데, 내가 닮은 것은 엄마였다. 엄마의 강한 특징들만 고스란히 물려받아서 난 혼혈로도 보이지 않았다. 그냥 캄보디아 사람 같았다.

이국적인 특징이 너무 도드라진 탓에 학교생활은 원만하지 못했다. 무던한 시절은 초등학교 2학년 때까지였다. 그때까지만 해도 그냥 애들이 "너는 왜 이렇게 까매?", "너는 왜 이렇게 눈썹이 많아?", "얼굴에 갈색 점들은 뭐야?"라고 묻는 정도였다. 은근한 놀림과 지나친 장난은 3학년 때부터 시작되었다. 한창 말도 장난도 많아지는 그 무렵에 또래 애들은 나와 자기들의 다름을 극대화해서 표현하고 회화화해서 놀렸다. 시작은 별생각 없는 장난이었겠으나 그런 한두 마디 농담은 어떤 분위기를 만들고, 그 분위기가 고착되면 모두가 '그래도 괜찮은 줄'로 생각하기 마련이다. 나는 그렇게 형성된 분위기와 이미지에 그대로 묶여버렸던 것이다.

그중에서도 가장 듣기 싫었던 별명은 '원주민', '깐따삐야 부족'이었다(깐따삐야 부족이라는 게 실제로 존재하기나 하는지는 모르겠다. 아마 어느 부족민으로 표현하고 싶은데, 딱히 아는 것이 없어서 가져다 붙인 말일 거라고 생각한다). 그 별명의 원흉은 밀크초콜릿 색 피부였다. 초등학생 시절의 나는 이 피부를 조금이라도 하얗게 만들고 싶어서 백탁이 심한 선크림을 치덕치덕 바르기 시작했다. 그게 아마 4학년 즈음이었을 것이다. 이후로 나는 '도깨비'라는 새 별명을 얻게 되었다. 얼굴만 하얗게 동동 뜬 것이 도깨비 분장을 한 것 같다는 이유에서였다. 나는 도깨비보다 원주민이나 깐따삐야 부족이라는 말이 더 싫었기 때문에 그냥 백탁이 심한 선크림을 바른 채로 학교를 다녔다. 5학년이 되면서부터는 메이크업에 관심을 갖게 되었는데, 몇 번 메이크업을 시도했던 게 또래 사춘기 여자애들의 심기를 건드려서 학교생활이 더욱 힘들어졌다.

'인생 씨발.'

그리하여 이미 초등학생 때 그런 생각을 하기에 이르렀던 것이다. 쥐구멍에도 볕 들 날이 있다는데, 과연 내 인생에 볕 들 날이 있기는 할까.

'신이 있다면 씨발 같은 내 인생 좀 어떻게 해 주세요.'

유난히 괴롭힘이 심했던 열두 살의 어느 날, 나는 어떤 신에게 올리는 기도인지도 모른 채로 그런 기도를 하면서 잠이 들었다.

그리고, 신은 1년 즈음 지난 열세 살의 어느 날, 내 기도를 들어줬다.

어떤 괴리감

● 주언

그라운드에는 잔디가 깔려 있었고, 상태도 무척 좋았다. 발을 뗄 때마다 걸리는 것 없이 가벼웠다. 스파이크가 바닥을 짓누를 때도 미끄럽거나 거칠지 않았다. 뛰는 맛이 있었다. 선선한 바람에서는 청량한 풀 냄새가 났다.

'오늘 좋은데?'

그렇게 생각하는 순간, 공이 내 쪽으로 왔다. 우리 팀 미드필더 7번이 내게로 패스했다. 내 등번호는 에이스가 주로 차지하는 10번이었다. 패스가 좋았다. 공은 딱 차기 좋은 위치로 떨어졌다. 상대편 수비형 미드필더가 바짝 따라

붙었으나 스피드는 내 쪽이 훨씬 빨랐다. 앞을 가로막는 수비수 두 명을 더 제치고 시원하게 발을 뻗었다. 발이 공을 때리는 순간, 이게 골로 연결될 것을 알았다. 그러나 뭔가가 이상했다. 급격히 괴리감이 몰려왔다. 주변이 갑자기 슬로 모션으로 보였다. 공은 골대로 느릿느릿 날아가고 있었다.

'이상하다, 내가 어떻게 공을 찼지?'

괴리감은 슈팅 그 자체에서부터 왔다. 나는 공을 찰 수 없었다. 다리 한쪽이 완전히 망가지지 않았던가. 그걸 깨달은 순간, 갑자기 오른쪽 다리가 뒤틀렸다. 빠각, 하는 끔찍한 소리와 함께 다리가 완전히 돌아갔다.

"으아아악!"

비명이 터져 나왔다. 다리뿐 아니라 사지가 다 경련을 일으키듯이 덜컥거렸다. 눈을 뜨고, 몸을 일으키고서야 꿈이었다는 걸 알았다. 나는 침대에서 병든 생쥐처럼 파들거리고 있었다. 머리와 등이 땀으로 젖어 있었다.

"하……."

처음에 이런 꿈을 꿨을 때는 한참 동안 욕을 하며 울부짖었다. 엄마가 달려와서 나를 붙들어 안고 같이 울 정도로 난리를 피웠었다. 비슷한 꿈이 몇 번 반복되고 나서는 잠깐 욕만 지껄이게 되었고, 이미 수십 번 이런 종류의 악몽을 경험한 지금은 한숨이나 헛헛한 웃음이 나오는 게 고작이었다.

"주언아, 일어났니?"

밖에서 엄마의 목소리가 들렸다. 비명을 들었을지도 모른다. 나는 최대한 덤덤하게 어, 금방 나갈게, 대답하고 침대에서 일어났다. 왼쪽 다리부터 땅을 디딘 다음에 오른쪽 다리를 조심스럽게 바닥에 디뎠다. 무리해서 걷지 않는 이상 이제 일상 중에 느끼는 통증은 거의 없지만 무릎부터 정강이로 쭉 이어지는 흉터를 보면 괜히 다리가 찌릿한 기분이 들었다.

'오른쪽 다리 상태가 심각했어요. 정강이뼈랑 종아리뼈가 여러 곳에서 산산조각이 났는데 위치를 벗어나서 피부를 찢고 나왔어요. 철심 박아서 정강이, 종아리뼈를 고정하고 발과 발목뼈는 나사와 핀으로 안정시켜 놨어요.'

오래전 들었던 의사의 건조한 목소리는 가끔 때와 장소를 가리지 않고 불쑥불쑥 머릿속을 침범했다.

'걸을 수는 있어요. 하지만 다리를 절게 될 가능성이 높

고…… 축구는 못 해요.'

의사는 위로하듯이 덧붙였다.

'고속도로에서 화물차와 부딪혔는데 이 정도면 기적인
겁니다.'

기억이 목을 졸랐다.

화장실로 들어서면 두 번째 고비가 시작됐다. 세면대
앞 거울에 비치는 얼굴을 마주할 때마다 큰 용기가 필요했
다. 거울로 보이는 얼굴에는 왼쪽 이마부터 세로로 길게
내려오는 흉터가 있었다. 콧잔등을 가로질러서 오른쪽 광
대뼈 직전에서 멈추는 검붉은색 굵은 선은 그날, 그 사고
의 참혹함을 알려 주는 흔적이었다. 이 흔적은 가끔 지렁
이가 꿈틀거리는 것처럼 보이기도 했는데, 솔직한 심정으
로는 좀 역겨웠다.

'징그러워.'

최대한 피하고 싶은 감상이었으나 이 또한 불쑥 끼어드
는 의사의 목소리처럼 컨트롤할 수 없는 종류였다. 억지로
외면하고 샤워를 하는 것이 최선이었다.

지난주부터 입기 시작한 채율고등학교 교복은 아직 낯
설었다. 남의 옷을 입는 듯한 기분을 지울 수가 없었다.

전학을 너무 충동적으로 결정했는지도 모른다. 입학하고 1년을 그럭저럭 잘 버텨지 않았나. 중학생 시절의 나를 알아보고 유난을 떨던 놈만 아니었다면 계속 그 학교를 다녔을 것이다. 그놈은 "너 혹시 하람FC에서 뛰지 않았어?" 하고 말을 걸어왔다. 졸업한 중학교와 꽤 떨어진 곳으로 원서를 넣었고, 지망대로 배정되어 나를 알아보는 애들은 없겠거니 했는데(사고로 다리와 얼굴이 작살나기도 했으니) 고등학교 2학년이 된 첫날에 불쑥 알은체하는 녀석이 있었던 것이다. 너무 당황해서 극렬하게 아니라고 대답했고, 그게 더 확증을 주는 꼴이 되었다. 그놈은 "어? 맞는데? 10번 김주언! 유소년 축구팀에 있을 때도 유명했잖아." 하고 한마디를 더 얹으며 계속 떠벌렸다. 자기도 축구를 너무 좋아해서 축구 클럽 테스트도 보러 갔었다느니, 너의 스피드와 볼 컨트롤을 동경했다느니 말을 이어 가던 녀석은 흥분된 표정 그대로 내 얼굴에 대해 물었다.

"근데 너 얼굴은 왜 그렇게 됐어?"

그 순간 배 속부터 솟구치는 수치와 모멸 때문에 정신이 아득해졌다. 순식간에 얼굴이 벌게졌고, 어찌할 바를 몰라서 자리를 박차고 일어났다. 더 생각할 것도 없이 가방을 들고 교실을 나왔다. 뒷문을 지나면서 아차 싶었는데, 박차고 나가는 그 순간의 걸음걸이가 '성큼성큼'이 아니라 '절뚝절뚝'이었기 때문이다. '하람FC의 10번 김주언'을 알아봤던 그 녀석은 아마 내 걸음을 보고서야 자신의 순진무구한 관심이 얼마나 잔혹했는지 깨달았을 것이다. 녀석의 알은체 때문에 개학을 하자마자 다른 학교로 전학을 할 수밖에 없었다.

불쾌한 상념이 길어지려고 했다. 괜히 벽장을 주먹으로 쾅 치고 거실로 나갔다. 엄마가 어색한 미소를 짓고 있었다. 초췌한 얼굴과 떨리는 입꼬리에는 힘든 것을 내색하지 않으려는 애처로운 노력이 배어 있었다. 나도 같은 미소를 지었다. 식탁에 앉자, 엄마가 10만 원을 슥 건넸다.

"아버지가 너 용돈 주라고 놓고 나갔어."

"또 줘? 아직 많이 남았어."

"요즘 물가가 많이 올랐잖아. 인플레이션이야, 인플레이션. 이러다 큰일 나겠어, 정말. 조만간 어디 시골에 땅이라도 사 놔야……."

나는 엄마의 수작을 알고 있었다. 다음에 나올 나의 말을 어떻게든 막아 보려고 이런저런 말을 늘어놓는 것이다.

"근데 직접 주시지 왜 매번 엄마한테 시킨대?"

엄마의 수작…… 아니, 노력을 가볍게 제치자 엄마는 슬그머니 눈을 피했다.

"아버지 바쁘시잖아."

사고 이후로 아빠는 늘 아침 일찍 출근했다. 엄마는 아빠가 요즘 계속 일이 많다고 했지만 아빠가 날 보기 힘들어한다는 것은 너무 티가 났다. 사고가 날 때 핸들을 좌로 꺾은 그 죄책이 날 볼 때마다 되풀이되는 것이겠지. 나는 나대로 아빠의 멀쩡한 모습을 보면 배덕한 울분이 울컥 치솟기도 했기 때문에 아빠의 이른 출근은 나에게도 다행스러운 것이었다.

사고가 난 지 2년이 다 되어 가고 있었다. 그 기간 동안 매일 아침 식사는 꼭 모래를 씹는 것처럼 고통스러웠다. 그리고 아침 식사보다 견디기 힘든 건 학교였다.

그런 괴리감

유안

"오늘 방송은 여기서 마무리할게요! 더 많은 메이크업이 궁금하시다면 구독과 좋아요, 알림 설정까지 부탁드립니다. 다음번에는 '흑과 백만을 이용한 흑백 사진 메이크업'으로 찾아오겠습니다. 오늘도 사랑해요, 우리 얌체들."

'얌체'는 내 유튜브 채널 구독자들의 애칭이다. '이안'을 빠르게 발음해서 '얀', 여기에 내 본명 '최유안'의 '최'를 붙여 '얀최'에서 '얌체'가 된 이름. 채팅 창에는 구독자들이 치는 댓글이 빠르게 올라오고 있었다. "이안아, 가지 마. 언니 내일 연차야. 새벽 방송하자.", "최악의 건성 피부로서 오늘 물망초 메이크업 마음에 백번 새깁니다.", "흑백 사진 메이크업ㅋㅋㅋㅋㅋ 기대됨!" 등 다양한 멘트가 휙휙 넘어갔다. 그중 한두 개의 멘트가 확 눈에 띄었다.

- 흑백 메이크업이면 흑은 따로 준비 안 해도 되겠네. ㅋㅋ ㅋㅋㅋ 방송 쉽게 하네?
- 흑백 아니고 흑인 메이크업 아닌가요.

'유치하긴.'

내 피부는 눈에 띄게 짙은 나무 색이다. '아이스 아메리카노' 색이라는 얘기도 들어 본 적이 있다. 요즘 시대에 이런 특징을 희화화하는 놈들이 아직도 있다니. 내 구독자는 아닌 것 같고, 어그로나 끌고 다니는 못난이들임이 뻔했다. 생각이 아메바 수준도 안 되는 인간들에게 일일이 대꾸해 줄 필요는 없었다.

"이제 진짜 안녕! 아쉬우니까 내 꿈에 나와 줘요. 우리 얌체 언니, 오빠, 친구, 동생들!"

카메라를 향해 한껏 아쉬운 표정을 지어 보이면서 유튜브 스트리밍을 종료했다. 한 시간 동안 혼자 웃고 떠들고 난리 블루스를 쳤던 방 안이 순식간에 조용해졌다. 방금까지 함께했던 약 2,000명 가까이 되는 사람들이 1초 만에 사라져 버리는 이 순간은 언제나 조금 묘하고, 조금 거북했다.

'아우, 피곤해.'

조명을 끄고 바로 의자에 등과 머리를 푹 기댔다. 게이밍 의자 특유의 푹신하면서도 단단하게 받쳐 주는 느낌이 좋았다. 슬금슬금 졸음의 기운이 몰려왔다.

'아, 씨. 클렌징해야 되는데.'

얼굴에 덕지덕지 얹은 파운데이션과 색조 화장품을 지우지 않고 잠들면 '수분 촉촉 물망초 메이크업'은 밤새 올라온 피지와 들러붙은 먼지 때문에 '번들번들 개기름 메이크업'이 되어 있을 터였다. 억지로 몸을 일으키면서 문득, 오늘 방송에서 클렌징 제품 광고를 하지 않았다는 걸 깨달았다. 2주 전에 협찬받은 제품이고, 광고비도 받았는데 깜빡했다.

'다음 주에 제대로 광고해 줘야지.'

원래 다음 주에는 쉐딩 제품과 워터 프루프 아이브로 펜슬 광고를 계획하고 있었지만(물론 이것도 협찬과 광고비를 받은 제품이다) 어쩔 수 없다. 겸사겸사 클렌징 제품까지 끼워서 광고를 좀 짱짱하게 넣어야겠다.

20여 분에 걸쳐서 클렌징을 꼼꼼하게 마치고, 방송의 흔적이 너절하게 뒹구는 테이블을 치웠다. 그리고 다시 조명을 켜서 반질거리는 맨얼굴 사진을 몇 장 찍었다. 인스타에도 나를 기다리는 얌체들이 있었다. 가장 자연스럽게 잘 나온 사진 두 장을 골라서 약간의 보정을 한 뒤에 업로드를 마쳤다. 스트리밍 방송에서 깜빡한 클렌징 제품에 대한 홍보 해시태그도 꼼꼼하게 추가했다.

얌체들과 즐겁게 방송 후, 마무리로 클렌징!

#생얼민망 #클렌징효과만봐주길 #얌체들은이해할거야
#협찬제품 #광고 #근데진짜좋다 #협찬이지만솔직후기
#청정자연브랜드 #해달 #식물유래성분 #해달루베루라클렌징오일

올리자마자 '좋아요'와 댓글이 쏟아졌다. 대부분이 외모에 대한 칭찬과 내 영상을 너무 좋아한다는 내용이었다. 간간이 '마침 클렌징 제품 알아보고 있었는데 이안 님이 협찬받은 제품이니까 바로 이걸로 구매하겠다.'는 글도 달렸다. 침대에 누워서 댓글을 읽다 보면 괜히 입꼬리가 곰실곰실 올라가곤 했다. 수많은 타인으로부터 받는 애정 공세는 늘 짜릿했다.

- 이안아, 진짜 사랑해, 너무 예뻐!
- 언니는 내 워너비 >_<
- 피부색 매력 쩔어요. 태닝할까, 진짜.

10년이 가도, 20년이 가도 질리지 않을 것 같았다. 나이가 더 들어서 중년이 되고, 노년이 되어도 이런 걸 누릴 수 있으면 좋겠다는 게 나의 바람이었다. 철저히 무시당하고 멸시당했던 어릴 적 경험을 생각하면 더욱. 그 시절의 나는 빼빼 마르고, 왜소하고, 지금보다 더욱 이국적인 느낌의 좀 튀는 애였고, 큼직큼직한 이목구비는 초등학생의 작은 얼굴에 담겨 있기엔 조금 과해 보이기도 했다. 애들은 나를 많이 놀리고 따돌렸고, 그런 악랄한 행동을 통해서 저희들끼리 더욱 친해졌다…….

'그만 생각하자.'

초등학생 시절의 일은 곱씹을 때마다 기분을 망쳤다. 인기 많은 인플루언서 이안이 아니라 아무도 어울리고 싶어 하지 않는 최유안으로 회귀하는 기분이었다.

그러나 그 시절에도 딱 한 가지 따뜻했던 강렬한 기억이 남아 있다. 6학년 때 같은 반이었던 근사한 남자애.

'김주언.'

시간이 많이 흐른 탓에 이름이 더욱 아득하게 느껴졌다. 걔도 한 번쯤은 '이안'의 방송이나 사진을 봤을까?

초등학교를 졸업하고 나서는 단 한 번도 마주치지 못해서 그 애는 열세 살의 그 모습 그대로 내 기억 속에 박혀 있다. 김주언은 축구를 아주 잘했고, 또래 애들에 비해서 체격도 좋고, 멋있었다. 머리를 바짝 짧게 깎았는데도 잘 어울렸다. 눈은 항상 자신감에 차 있고, 인기가 많은 사람 특유의 여유가 있는 애였다. 모든 애들이 김주언을 좋아했다. 물론, 나도 그 애를 좋아했다. 그 기억에 이르면 다시 마음은 포근해졌다. 불쌍했던 최유안에서 다시 빛나는 이안으로 돌아올 수 있었다.

⫸ hm_zer5 아, 생얼 사진 뭐냐 ㅋㅋㅋㅋㅋㅋ

기억에 빠져 있는 중에 인스타그램 디엠이 왔다. 친구 하민영이었다. 나도 같이 "ㅋㅋㅋㅋㅋ"를 연타해서 답장을 보냈다. 보기 싫으면 팔로우를 끊으라고 친히 권해 주자, 하민영은 자기가 어떻게 감히 40만 팔로어를 거느린 이안 님을 끊을 수 있겠느냐며 오버를 떨었다. 그렇게 말하는 하민영도 거의 5만에 가까운 팔로어를 둔 아이돌 연습생이다.

> ✈ **2_a.n.** 너 데뷔하면 40만은 껌이지.
> ✈ **hm_zer5** 데뷔하면 너 내 메이크업 아티스트로 고용할게.

장난스러운 디엠을 주고받는 끝에 하민영은 협찬받은 거 나도 좀 써 보자면서 아양을 떨었고, 나는 역시 그게 목적이었지, 하고 웃으면서 클렌징 오일을 챙겼다. 어느새 '최유안' 시절의 기억은 다시 수면 밑으로 가라앉았다.

악몽의 무게

👤 주언

정신이 몽롱했다. 오늘도 어김없이 악몽을 꾼 탓이다. 다리가 망가지는 진부한 내용에서 벗어나 얼굴이 흉터 모양대로 두 쪽 나는 창의적이고 그로테스크한 악몽이었다. 이따위 꿈들 때문에 수면의 질이 바닥을 치고 있으니, 학교만 오면 정신을 차릴 수가 없었다. 그러나 내심 이 수면 부족의 몽롱한 상태를 다행이라고 생각했다. 학교에 있으면 심장은 항상 기분 나쁘게 쿵쿵 뛰고 입안은 껄끄러우며, 모든 것이 부담스러웠다. 오전 수업이 끝날 즈음에는 은근한 두통마저 느껴졌다. 차라리 몰려오는 졸음에 취해서 몽롱해져 있는 편이 나왔다. 갑작스럽게 전학생을 받은 교실은 급하게 자리를 제공하느라 창가 옆의 맨 뒷자리라는 명당을 만들어 줬으니, 멍하니 있기에는 최적의 환경이기도 했다.

"맨 뒤에 전학생, 방금 내가 설명한 거 다시 말해 봐."

아, 그렇다고 해서 부작용이 아예 없는 건 또 아니었다. 퍼뜩 칠판으로 고개를 돌리니, 표정이 이미 바짝 굳은 과학 선생이 나를 지그시 바라보고 있었다. 반 애들도 다 나를 쳐다봤다. 개중에 몇 명은 내 흉터를 보고 후다닥 고개를 돌리기도 했다. 길게 주목받기 싫어서 뭐라도 대답해 보려고 칠판과 교과서를 번갈아 가면서 살폈는데 삽화부터 내용까지 죄다 무슨 내용인지 들어오지가 않았다. 단순히 멍하게 있었던 탓만은 아니다.

'운동, 씨발.'

중학교 3학년 때까지 축구에 미쳐 살았는데 이제 와서 무슨 생명과학을 이해할까. 인생이 이따위로 꼬일 줄 알았다면, 중학교 1학년 때 부모님과 진로에 대해서 진지한 대화를 나누지 않았을 거다. 그때의 나는 밝고 당당하게 '김주언의 축구 선수 되기 로드맵'을 PPT로까지 만들어서 열심히 설명하는 수고로운 짓을 했었다. 부모님은 곤란하지만 흐뭇한 표정으로 아들의 발표를 경청했고, 교과목 학원은 영어만 남기고 다 그만두게 해 줬다. 대신에 축구 클럽에서의 훈련 시간을 더 늘렸고, 분기별 합숙 훈련 캠프도 신청했다.

"수업에 집중 안 하고, 바깥만 멍하게 쳐다보고 있으니까 한마디도 대답을 못 하지."

과학은 따끔하게 일침을 놓고 눈을 위협적으로 부릅떴다.

"전학 온 지 2주 정도 지났는데 그동안 내 수업 때마다 멍 때리거나 엎드려 있는 걸 내가 어떻게 받아들이면 좋겠냐?"

아니, 그건 선생님 수업뿐만이 아닌데요, 하는 억울함을 잔뜩 담아서 선생님을 쳐다봤다. 눈이 마주치자 과학은 흠, 하고 괜히 헛기침을 하더니 이번엔 잔뜩 과장된 목소리로 다그쳤다.

"뭐, 인마! 그렇게 쳐다보면 뭐 어쩔 건데!"

내 시선이 불손해 보였을까. 그랬다면 악몽에 시달린 탓에 좋지 않은 안색과 짙은 흉터 때문이었을 것이다.

"아니, 그런 게 아니라요……."

작게 항변해 봤으나 선생님은 그마저도 어떤 반항으로 느꼈는지, '허, 참' 하고 기가 막힌다는 반응이었다. 그냥 입을 다물고 고개를 숙였다. 그때, 두어 자리 건너 대각선 앞자리에서 한 애가 옆쪽에 있는 애한테 소곤거리는 게 들렸다.

"야…… 쌤 저러다 전학생한테 맞는 거 아니야?"

"야, 들리겠다. 조용히 해."

쉿, 하고 대꾸를 한 애가 슬쩍 고개를 돌렸다가 내 눈치를 살피고 다시 앞을 바라봤다.

내가 선생님한테 맞는 게 아니라, 선생님이 나한테 맞는다고? 잘못 들은 게 아닌지 말을 곱씹어 봤다. 그러다 문득 얼마 전의 일이 생각났다.

'아…… 설마…….'

지난 금요일 즈음이던가. 화장실에 갔다가 창문 밖에서 피어오르는 담배 연기를 목격했다(냄새로 보아 전자 담배 연기였다). 그 아래에서 두런두런 말소리가 들렸다. 처음에는 그냥 '연기 올라와서 걸릴 것 같은데.' 정도로만 생각하고 별 관심이 없었는데, 볼일을 보는 중에 들려오는 말소리가 아무래도 내 얘기인 것 같아서 신경이 쏠렸다.

"걔 서울에서 사고 쳐서 전학 온 거 아니야?"

'사고 나서'가 아니라 '사고 쳐서'라니, 이상하다고 생각했다.

"그러니까. 고등학생이 전학 오는 거면, 사고 쳐서 강제 전학인 경우가 많지 않나? 얼굴도 존나 일진같이 생겼잖아. 흉터 봤지? 그거 칼빵 맞은 거 아니냐?"

"근데 나대지는 않잖아. 조용하던데. 맨날 엎드려 있고. 알고 보면 진짜 개찐따일 수도."

"하긴, 분위기도 조온나 어둡고, 누구한테 말 거는 것도 본 적이 없어."

"그게 일진 짬에서 나오는 바이브일 수도 있지."

생각지도 못했던 이야기였다. 나도 모르게 헛웃음을 터뜨릴 뻔했다. 아무래도 얼굴의 흉터와 운동으로 다져진 단단한 체격 때문에 그런 추측이 나도는 모양인데, 살다 살다 별스런 오해를 다 당해 보는구나 싶었다.

"몰라, 좀 지켜보지 뭐."

"다른 반 애들도 수군거리던데. 하여튼 우리 학교에 튀는 애들 졸라 많아요."

"튀는 애들?"

"왜 있잖아. 4반에 최유안이랑 걔 친구들. 유튜브랑 인스타에서 날리는 애들."

"야이 씨, 걔네랑 얼굴에 칼빵 있는 애랑 같냐?"

하고 애들은 키득키득 웃었다.

그때 일을 생각해 보면 방금 두 학생의 반응도, 과학의 유난스런 반응도 이해가 갔다. 선생님들 사이에서도 내가 사고 쳐서 전학을 왔다느니, 일진이었다느니 하는 이야기가 돌았다면, 과학 입장에서는 내가 유난히 불손하게 느껴졌을 것이다. 오늘 아예 기선 제압을 하자 싶었을 수도 있다. 아직 30대 중후반 즈음으로 보이는 남자 선생님이니까 더욱.

내가 더 이상 대꾸하지 않고 눈을 내리깔자 과학도 더 이상 뭐라고 하지 않고, 훨씬 굳어진 얼굴로 수업을 이어 나갔다. 잠시 후, 다시 머리가 몽롱해졌다. 아까보다 훨씬 심했다. 눈꺼풀이 스르르 내려앉는데 과학과 또 눈이 마주쳤다. 과학의 표정이 다시 형편없이 일그러졌다.

'어…… 선생님 또 오해하겠네.'

그렇게 생각하는 중에 몸이 휘청 기울었다.

'엥?'

설마 내가 지금 쓰러지고 있는 건가, 하는 순간 어깨와 팔뚝, 옆구리에 격통이 몰려들면서 세상이 암전되었다. 정신이 끊어지기 직전에 반 애들이 '꺅!' 비명을 지르는 게 들렸다.

의식은 마치 암전된 방에 불을 켜는 것처럼 들어왔다. 갑자기 확 깨어나면서 눈을 번쩍 떴다. 보건 선생님이 스피커폰으로 119에 전화를 하면서 내 팔을 주무르고 있었다. 얼굴은 거의 울기 직전이었다.

"아…… 선생님……. 저 괜찮아요."

그제야 내가 깨어난 것을 발견하고는, 어머, 하고 짧은 비명을 내질렀다.

"제가 요즘 잠을 제대로 못 자서 그랬나 봐요."

물론 선생님은 믿지 않았다. 보건 선생님의 눈에서 혹시라도 무슨 일이 있을 때 책임을 뒤집어쓸 수 없다는 결연한 의지가 보이는 듯했다. 내가 직접 출동 직전의 구급대원과 통화를 하고, 선생님에게 5분에 걸쳐서 극악한 수면의 질과 새로운 학교에 적응하면서 받은 스트레스를 설명하고 나서야 구급차를 부르지 않을 수 있었다. 보건 선생님은 그럼 일단 한 시간 푹 자 보고, 그다음에 몸 상태를 보자며 커튼을 쳐 줬다. 문제는, 막상 자려니까 또 잠이 안 온다는 거였다. 정말로 기절한 게 아니라 순식간에 푹 자고 일어난 건 아닐까. 정신이 말똥말똥하니까 운동장에서 애들이 체육을 하는 소리가 귀에 들어왔다.

"패스! 패스!"

"야, 잡아! 막아!"

머리 쪽의 창문을 내다보니 1학년 애들이 자유 시간을 받았는지 축구를 하고 있었다. 보자마자 반사적으로 창문의 블라인드를 내렸다. 물론, 소리까지는 막을 수 없었다. 빨리 신경을 다른 데로 돌리고 싶어서 폰을 꺼내 들었다. 아침에 핸드폰을 수거해 갈 때, 공폰을 내고 실제 사용하는 폰을 주머니에 넣어 두었는데 역시 그러길 잘했다.

나는 real_kju_3 계정으로 인스타에 접속했다. 그 개 같은 사고 이후에 만든 비공개 부계정 중 하나인데, 아무에게도 알려 주지 않은 나만의 은밀한 공간이었다. '_1'부터 '_4'까지 있는 이 비밀 계정들의 용도는 보잘것없었다. 그냥 좀 야비하고, 비열하고, 음침하고, 재수 없는 행동을 할 뿐이었다.

계기는 단순했다. 재활 치료가 생각처럼 되지 않아서 죽고만 싶던 어느 날이었다. 멍하니 인터넷 커뮤니티를 돌아다니다가 조회 수가 꽤 높은 브이로그를 보게 되었는데, 그게 내 또래의 체대 지망생 남자애가 찍은 거였다. 외모도 키도 훤칠한 데다가 영상도 깔끔하게 잘 찍어서 조회 수가 높을 만했다. 그 애는 사고 전의 김주언과 비슷한 하루하루를 보내고 있었다. 나도 알고 있는 운동, 내게도 익숙했던 일상을 아무렇지 않게 누리고 있는 그 애가 부러웠고, 그 마음은 곧 비틀린 원망이 되었다. 내 처지에 대한 원망을 그 무죄한 남자애에게 퍼부었다. 너 정도 운동하는 애들은 널리고 널렸으며, 이런 거 찍을 시간에 훈련에나 집중하라는 말들. 요즘은 실력도 없는 것들이 대충 SNS로 인기나 좀 끌어서 인생 편하게 살려고 한다는 그런 말들을 마구 쳐서 댓글로 올렸다. 그 순간 뭔가가 조금쯤 해소되는 것 같은 기분이 들었다. 울화를 참고 참다가 빽 소리를 질렀을 때의 기분과 비슷했다. 내 안 어딘가에 숨어 있던 열등하고 못난 김주언이 고개를 든 최초의 순간이었다. 이후로 나는 기분이 안 좋을 때면 악플을 달고 다녔다.

일단 태그 검색을 했다. 검색어는 주로 체고생, 예고생, 아이돌 지망생, 청소년 국가대표. 또는 이미 잘 알려진 내 또래의 유튜버나 BJ 등이었다. 그중에서도 유난히 화려하고 행복해 보이는 애들의 피드를 구경한다. 구경하다가 적당히 기분이 나빠지면, 그 기분을 그대로 쏟아 놓는 악플을 달았다.

real_kju는 딱 그 정도의 비열한 짓을 하기 위해서 만든 쓰레기 같은 계정이었다. 차단당해도 상관없었다. 새로운 공격 대상을 찾으면 그만이니까. 가끔은 FC에서 같이 뛰던 애들의 피드에도 악플을 남기고 싶은 마음이 불쑥 들곤 했는데 차마 그 애들 피드에는 찾아가지 못했다. 그 녀석들에게까지 악플을 달면, 스트레스가 풀리기는커녕 바닥으로 굴러떨어진 지금의 내 상황이 더욱 여실히 느껴질 것 같았고, 혹시라도 누군가가 real_kju가 나라는 것을 알아차릴까 봐 두려웠다.

'아마 짐작도 못 하겠지만.'

세상 화려하고 유망했던 김주언이 이렇게 비열한 인간이 되었다는 걸 감히 누가 짐작이나 할까. 심지어 나는 중학생 때 인스타 팔로어가 무려 2만 명이 넘어가는 인기인이었다. 그때의 본 계정 k_no.10은 아직도 살아 있다. 사고 이후로는 아무것도 업로드하지 않고, 자주 들어가지도 않지만(그리고 아예 계정 자체를 비공개로 돌려놓았다) 어쨌거나 그런 시절이 있었던 것이다. 그 계정의 피드는 두 다리가 멀쩡하고, 얼굴도 멀끔한 김주언의 사진과 동영상으로 채워져 있었다. 훈련 중일 때 찍은 사진들, 경기 후에 찍은 사진들, 그라운드와 하늘, 축구공, 축구화를 찍은 사진들이 있었고, 나를 좋아하고 동경하는 수많은 사람들이 '좋아요'와 기분 좋은 댓글을 남겨 줬다.

- 주언 선수 보니까 대한민국의 미래가 밝네요.
- 국가대표가 될 싹이 보인다. 나보다 동생이지만 형님으로 모실 생각 있다.
- 다리 개빠르네. 진짜 응원합니다.
- 오빠, 저 오빠 때문에 축구 공부해요.
- 다음 경기 언제, 어디서 뛰어요? 저 친구들이랑 응원 가도 될까요?
- 주언아, 누나가 너보다 네 살 많지만 오빠라고 부르면 안 될까?

많은 사람이 나를 응원하며 부러워하고, 나와 친분을 쌓고 싶어 한다는 것. 그건 절대 질릴 수 없는 쾌감에 젖게 한다. 게다가 용돈벌이도 되었다. 스프츠용품 브랜드에서 몇 번인가 협찬을 해 주기도 했고, 광고 요청을 하기도 했었다. 엄마는 내가 인기를 끈다는 걸 알고, 혹시 축구하다 잘 안 되면 연예인 해도 되겠다며 무척 좋아했다. 사고가 얼굴을 두 쪽 내는 바람에 그마저도 망했지만.

어쨌건 나는 보건실 침대에 편하게 드러누운 채로, 인기인의 피드를 탐색하면서 악플을 남겼다. 특히 예체능을 하는 사람들이 있으면 저주하다시피 글을 남겼다. "제가 신기가 좀 있는데, 1년 후에 불의의 사고로 모든 걸 잃게 되실 운명입니다. 안타깝네요." 같은 찜찜한 글이나 밑도 끝도 없는 욕을 남긴다든가 하는 식이었다. 그렇게 하다 보면 역시 뭔가 마음에 쌓인 울분이 좀 풀리는 듯한 느낌이 들었다.

마지막으로 검색한 것은 인플루언서 '이안'이었다. 가끔 생각날 때 한 번씩 검색해서 들어가서 둘러보다가 악플을 남기곤 했다. 얼핏 듣기로는 나랑 동갑이라는 것 같고, 10대한테 인기가 꽤 많은 것 같았다. 동남아 혼혈이라더니,

정말 이국적인 얼굴이었다. 묘한 매력이 있었다. 그러나 내게는 재수 없게 느껴질 뿐이었다.

● **real_kju_3** 생얼 테러? 아침 먹은 거 토할 뻔. 자신감이 과하시네.

가장 최근에 올라온 이안의 사진에 악플을 달고 인스타를 나왔다. 꺼진 화면에 흉터가 선명한 얼굴이 비쳤다. 악플을 달면서 조금쯤 상쾌해지는 것 같던 기분이 금세 다시 흐려졌다.

"……미친 새끼."

이불을 머리 위로 뒤집어쓰고, 눈을 감았다. 피로감이 급격히 몰려들었다. 며칠 동안 새벽 내내 악몽을 꿨으니, 악몽도 양심이 있다면 지금만큼은 찾아오지 않으리라.

왕관의 무게

🙎 유안

'고양이 상에서 강아지 상으로! 인상 바꾸기 메이크업!'

'대세 아이돌, 리에나 커버 메이크업!'

'캐나다에서 유학하는 한인 유학생 메이크업!'

'두바이 재벌 메이크업!'

떠오르는 대로 이것저것 공책에 적어 가는 중이었다. 어디서 작게 찰칵, 소리가 들렸다. 주변을 휘둘러봤다. 작은 카페 테이블과 의자를 몇 개 지나쳐서 조금 떨어진 자리에 웅크린 중학생 여자애들이 눈에 띄었다. 그 애들 중

두 명의 핸드폰이 내 쪽을 향해 있었다.

'음……. 어쩔까.'

길거리에서도 '이안'을 알아보고 허락 없이 사진을 찍는 사람들이 종종 있었다. 처음에는 그런 관심도 좋고 내가 이토록 주목받는 사람이라는 게 감격스럽기도 했지만, 인기를 끌기 시작한 지 1년이 지나고 있는 요즘은…… 좀 그랬다. '이안'이 아니라 '최유안'으로서 일상을 보내는 중에 갑작스럽게 누군가에게 사진이 찍히는 건 즐길 수 있는 인기의 범주를 조금 벗어났다.

"야, 쟤네가 우리 찍는다."

내 앞자리에서 인스타를 하고 있던 하민영이 소곤거렸다. 나도 알아, 눈짓하고 잠시 고민했다. 가서 같이 사진을 찍어 주고 방금 몰래 찍은 건 지워 달라고 할지, 아니면 모른 척하고 최대한 사진이 잘 나오게 은근슬쩍 포즈를 잡을지. 곧 전자 쪽으로 결단을 내렸다. 몰래 찍은 사진은 근거 없는 이야기나 묘하게 기분 나쁜 멘트와 함께 SNS에 올라가는 경우가 많았다. 이를테면 "이안 실제로 봤는데 실물은 별로네. 실망."이라든지, "카페에서 인상 쓰고 있는 이안 언니. 기분 나쁜 일 있나? 어쨌든 귀여워요."라는 식으로.

하민영과 함께 다가가자 중학생들은 꺅, 하고 어쩔 줄을 몰라 했다. 몰래 사진을 찍다 들켜서 민망한 게 아니라, 인기 유튜버와 예쁜 아이돌 연습생이 자기들한테 다가왔다는 게 좋은 모양이었다.

"안녕하세요!"

웃으면서 밝게 인사를 건네자 애들이 호들갑을 떨면서 "언니, 너무 좋아해요!" 하고 손을 덥석 잡았다. 사진을 찍어 주겠다고 하자, 호들갑은 더욱 심해졌다. 애들은 나와 하민영을 둘러싸고 알아서 포즈를 잡았다. 셀카를 몇 장 같이 찍어 주고, 아까 몰래 찍었던 사진은 지워 주기를 요청했다. 아이들이 사진을 지우는 걸 확인한 뒤에는 메이크업에 관련된 몇 가지 소소한 질문에 답해 주고서야 제자리로 돌아올 수 있었다.

"어우, 피곤해. 다음에는 사람이 더 없는 카페로 가자."

다른 자리에 들리지 않게 작게 중얼거리자, 하민영이 단호한 표정으로 고개를 저었다.

"어허, 왕관을 쓰려는 자, 그 무게를 견뎌라."

"와, 하민영 너는…… 진짜 데뷔하면 물 만난 물고기가 될 거다……."

"그건 그렇고, 아까처럼 콘텐츠 짜고 있어 봐. 고개 살짝 숙이고, 펜 들고."

이번에는 하민영이 핸드폰 카메라를 들이댔다. 인스타에 업로드할 사진을 찍어 주려는 것이다. 내 사진을 다 찍어 준 다음에는 내가 하민영을 찍어 줄 거다. 하민영의 오밀조밀한 얼굴과 가녀린 목선, 동그란 어깨 등이 도드라지면서도 자연스럽게 보이도록. 하민영도 내 사진을 그렇게 찍어 줄 테고.

'콘텐츠 짜기에 진심인 노력형 인플루언서' 콘셉트 사진은 약간의 보정을 거쳐서 바로 인스타에 업로드했다. 하민영도 내가 찍어 준 사진을 수정하고 업로드하기 바빴다.

"어? 뭐야, 이거."

한창 인스타를 하고 있던 하민영이 인상을 확 쓰면서 내게로 핸드폰을 들이밀었다.

"이거 봐, 이 댓글."

● real_kju_3 생얼 테러? 아침 먹은 거 토할 뻔. 자신감이 과하시네.

얼마 전에 클렌징 오일 광고 겸해서 올린 피드에 달린 댓글이었다. 빽빽한 댓글을 매번 확인할 수가 없어서 몰랐는데, 그새 웬 악플이 달린 것이다. 가끔 저런 한심한 인간들이 있었다. 타인으로부터 갑자기 인신공격이나 억지에 가까운 비난을 들으면 당연히 기분이 확 나빠졌다. 그렇다고 일일이 대응하면 더 피곤해지기 때문에 그냥 이거야말로 왕관의 무게려니, 생각하고 넘겨 버리곤 했다.

"뭘 또 그걸 보여 주고 그래. 악플 일일이 신경 쓰면 이 짓 못 하지."

속이 쓰라린 티를 내지 않고, 일부러 무심한 척 대꾸했으나 하민영은 고개를 저었다.

"아니, 그게 아니라 이 아이디 저번에도 네 피드에 악플 남기지 않았어? 안 되겠다. 상습범은 캡처해서 증거를 남겨 놔야 돼."

그랬던가. 생각해 보니까 또 그런 것 같기도 하다. 하민영은 자기가 더 열받아 하면서 댓글 창을 캡처했다.

"내 안티인가 보지. 한 번 더 보이면 차단해야겠다."

"뭘 또 한 번 더 기다려? 지금 차단해."

"이런 애들은 차단하면 오히려 기세등등해서 내가 자기

악플에 상처받았다고 생각하고 좋아할 것 같단 말이야. 차라리 무시하는 게 나을지도 몰라. 한 번 더 눈에 띄면 그때 차단하지 뭐."

악플은 그것 말고도 몇 개…… 아니, 꽤 있었다. 악플을 단 사람도, 뉘앙스도 다양했다. 차라리 아까 real kju 어쩌고 하는 그 아이디가 남긴 것처럼 터무니없는 비방이면 나은데, 교묘하게 비꼬는 내용은 더 짜증이 났다. 특히, "실력은 그냥 그런데 방송 한번 나왔다고 대단한 금손 취급받는 거 너무 거품"이라거나, 다른 아티스트들을 거론하면서 "그분이 훨씬 잘하는데 이안 님은 나이가 어린 데다 방송까지 타서 과대평가되는 경향이 좀 있다."라거나 "실력보다 외모로 주목받는 아마추어"라거나 하는 식의 악플이 제대로 내 속을 뒤집었다. 더 열받는 건, 인스타나 인터넷 커뮤니티, 트위터 같은 데서 그런 악플들을 하도 보다 보니까 이젠 나도 그게 영 틀린 말은 아니라는 생각이 들기 시작한다는 거였다.

내가 갑자기 유명해진 건 약 1년 전부터다. 메이크업 유튜브는 열다섯 살부터 시작했지만 그때는 인기는커녕, 조금의 주목조차 받지 못하는 새싹이었다. 조회 수도 500

을 넘기기가 힘들었고, 구독자는 지인들을 포함해서 100명이 채 되지 않았다. 인기를 얻거나 돈을 벌고 싶다기보다는 꾸준히 연습하고 기록하기 위해서 개설한 채널이었기 때문에 크게 신경 쓰지 않았고, 그래서 오히려 열심히 영상을 올릴 수 있었다. 기회가 찾아온 것은 열여섯 살 가을 즈음이었다. 오디션 프로가 한창 유행하던 때였다. 유튜브와 인터넷 커뮤니티에 케이블 방송사의 오디션 광고가 줄줄이 떴다. 텔레비전 프로그램 제목은 〈MZ GOLD HANDS〉였다. 누가 지은 타이틀인지 촌스럽기 그지없었다.

프로그램의 개요는 MZ세대를 대상으로 '금손' 대전을 펼치겠다는 거였다. 그림을 잘 그려도, 악기 연주를 대단하게 할 수 있어도, 머리 스타일을 기가 막히게 만져도, 옷이나 인형 같은 것을 잘 만들어도, 요리를 잘해도 다 프로그램이 찾는 '금손'에 속했다. 물론, 메이크업도……! 나는 객관적으로 내 실력이 어느 정도인지가 궁금해서 지원 영상을 보냈다. 또래 틈에서 내 기술이 어느 정도의 평가를 받는지 가늠해 볼 기회라고 생각했다.

열세 살 때부터 본격적으로 갈고닦은 실력이 의외로 꽤

수준급이었다는 걸 그때야 알 수 있었다. 나는 1차를 가뿐히 통과하고 2차, 3차까지 통과한 뒤에 선별된 50명 안에 들어서 텔레비전 프로그램에 출연하게 되었다. 〈MZ GOLD HANDS〉 2회차 방송에서 출연자 10명이 우수수 떨어졌다. 3회차에 또 10명, 4회차에 다시 10명, 5회차부터는 TOP 20 가운데 3명씩 떨어졌다. 나는 6회차에 떨어졌다. 비즈 공예를 하는 애와 함께 합작을 만들면서 대결했는데, 모델의 얼굴에 분장에 가까운(어쩌면 그림에 가까운) 화장을 멋지게 선보였음에도 수선화와 모조 진주 등을 기가 막히게 엮어서 만든 티아라에 지고 말았다. 비즈 공예를 하던 애는 자신에게 승리를 안겨 준 티아라를 내게 선물했다. 눈물을 뚝뚝 흘리면서 "너한테 어울릴 거야. 선물로 주고 싶어."라고 말했던 비즈 공예 소년은 10회차에 떨어지고 말았다.

탈락하긴 했지만 놀랍게도 나는 인기를 얻었다. 방송이 종영된 이후로도 사람들은 내게 관심을 가졌다. 캄보디아 혼혈이라는 것 때문에 초등학교 시절 왕따를 당했다는 서사가 사람들의 연민을 자극했고, 자라면서 제자리를 잘 찾아간 이목구비가 인기에 한몫했다. 메이크업을 더욱 돋보이게 하기 위해서 패션과 헤어스타일도 열심히 연구했는데, 그 노력으로 얻은 나만의 스타일을, 또래 애들은 '힙하다'면서 좋아했다. 온갖 색조 화장품을 여기저기 묻혀 가면서 고민하는 모습이나 메이크업을 구상하느라고 계속 스케치를 하는 모습 등이 인터넷에 짤로 돌았고, 유튜브 구독자 수가 폭발적으로 늘어났다. 인터넷 방송 BJ들과 유튜버들이 합방을 요청했다. 유명 인플루언서들의 채널이나 피드에 몇 번 얼굴을 비추자 인기는 더욱 치솟았다. 이때가 고1 중반을 지나고 있을 무렵이었고, 인기의 절정이었다. 300명 언저리였던 인스타 팔로어는 순식간에 10만을 넘기고 20만을 넘겼다. 그해 겨울에 한 예능 프로에 몇 회 출연해서 연예인 메이크오버를 해 주고 난 뒤에는 30만을 금방 넘겼다. 틱톡에는 메이크업 전후 영상을 이어 붙여 올렸는데, 그게 또 난리였다. 10대들의 인플루언서 이안은 이런 과정으로 만들어진 것이었다.

'거품이 많이 낀 인플루언서라고……?'

인기인 '이안'을 지키기 위해서는 생각보다 많은 노력이 필요했다. 노력뿐만이 아니다. 어쩌면 생각보다 훨씬 많은 것들을 견뎌야 할지도 모른다. 뭔가가 틀어지면 대중은 그간 내가 누려 온 특혜의 곱절을 토해 내라고 소리를 지를 것이다.

"최유안, 나 사진 한 장만 더 찍어 주라. 이렇게."

하민영이 자기 폰을 내게 건넸다. 이미 포즈는 준비되었고, 입술은 '듀' 하고 슬쩍 내민 모양이 되어 있었다. 얘도 데뷔를 하고 나면 나 같은 고민을 할까? 새롭게 인스타에 박제된 하민영의 얼굴에서는 도무지 그런 고민을 할 것 같은 기미가 보이지 않았다.

기억, 새끼 도깨비

👤 주언

    교실에서 쓰러졌던 날 이후, 나를 대하는 반 애들의 분위기가 달라졌다. 이전에는 뭔가 조심스럽고 껄끄러워서 굳이 접근하지 않는 느낌이었다면, 이후로는 사람을 좀 하찮게 여기는 느낌이었다. 그러나 그건 순전히 '느낌'에 불과했고, 나는 어차피 애들과 어울리는 일에 관심이 없었기 때문에 대수롭지 않게 여겼다. 이유도 뭐 딱히 궁금하지 않았다. 그럼에도 의도치 않게 그 이유를 알게 된 건, 반 애들 중 몇 명이 나에 대해 떠들어 댔기 때문이다. 쉬는 시간마다 에어팟을 꽂고 책상에 엎드려 있으니 못 듣겠지 싶었는지, 아니면 들어도 상관없었는지는 모르겠다. 에어팟에서는 노래가 나오지 않았고, 그 애들 생각이 어느 쪽이든 내 기분은 좋지 않았다.

"와, 나 진짜 쟤 너무 분위기 어둡고, 인상 나빠서 완전 개날라리인 줄 알았잖아."

"저번에 쓰러지는 거 보니까 그냥 찐따 같던데."

"그니까. 나 누가 기절하는 거 처음 봤어."

"난 두 번째. 중학생 때 우리 반 여자애가 갑자기 기절했는데, 생리통 때문에 그랬대."

"어? 그럼 전학생도?"

"미친 새끼야. 남자애잖아."

애들은 나를 가지고 질 나쁜 농담을 주고받으면서 와하하 웃었다,

"야, 그리고 쟤…… 다리도 좀 절더라."

이 말은 꽤 타격이 컸다. 나도 모르게 움찔할 뻔했다.

"다리를?"

"어. 저번에 계단 올라갈 때 보니까 약간…… 이상하게 걷던데?"

"뭔 병신이 전학을 왔네."

온몸이 확 뜨거워졌다가 사지 끝으로 힘이 쭉 빠져나갔다. 당장 자리를 박차고 일어나서 한 대 갈겨 줘야 하는데 그럴 기력이 없었다. 눈물도 날 것 같았다. 이럴 때 그냥 넘어가면 추후 상황이 더 안 좋아진다는 걸 아는데도 움직일 수 없었다. 몇 초 뒤에 정말로 눈물이 흘렀다. 수업 종이 쳤는데도 멈추지 않아서 곤란했다. 흐느낌까지 가지 않으려고 안간힘을 쓰는 것만으로도 벅찼다.

"김주언, 일어나라. 쉬는 시간 끝났다."

담임 시간이었던가. 내가 고개를 들지 않자, 담임이 앞에 앉은 애에게 나를 깨우라고 시켰다. 앞자리 애가 내 어깨를 흔들었다. 왜인지 눈물은 더 심해졌다. 주인의 의지를 배반하는 몸이 원망스러웠다.

"어……?"

몇 번 더 나를 흔들던 앞자리 애가 당황하는 게 느껴졌다. 속으로 제발, 하고 애타게 빌었다. 물론, 그 애는 내 간절한 마음의 소리를 들을 수 없었다.

"선생님…… 애 울어요."

귀에 꽂아 둔 전원 꺼진 에어팟에서 장송곡이 들려오는 듯했다.

'망했다.'

교실이 침묵에 휩싸였다. 선생님의 걸음 소리가 들렸다. 이 난관을 타개할 방법이 떠오르지 않았다. 곧 선생님의 손이 등에 닿았고, 나는 겨우 한마디를 했다.

"몸이…… 안 좋아요."

병신 소리에 교실에서 훌쩍거린 센티멘털한 남자애가 되는 것보다는 차라리 어떤 지병으로 고통받고 있는 연약한 남자애가 되는 게 나으리라는 판단이었다.

이후로 CRPS✦를 앓고 있다느니, 통풍을 앓고 있다느니 하는 이야기가 퍼졌다. 오랫동안 지병을 앓아서 그런지 애가 좀 우울하고 어둡다는 이야기도 같이 돌았다. 이제 반 애들은 전보다 더 확연하게 나를 거북스러워했다. 그나마 다행인 점은 애가 약골이라 괜히 어디 잘못 건드렸다가 크게 다치기라도 하면 인생 종 친다는 인식이 생겨서 공연히 시비를 걸거나 하지는 않는다는 점이었다. 물론 짜증나는 일은 훨씬 많았다.

✦ 복합 부위 통증 증후군. 외상 후 특정 부위에 발생하는 만성 신경병성 통증. 바람만 불어도 타들어 가는 듯한 극심한 통증을 느낀다고 함.

"주언아, 쌤이 오늘 당번 폐휴지 버리라는데…… 너 저 거 들 수 있겠어? 양이 많아서 꽤 무거워."

특히 나는 이런 게 거북했다. 무슨 얄팍한 유리마냥 언 제 깨질까, 부서질까 유난한 취급을 받는 거. 그냥 묵묵히 폐휴지함을 들었는데도 말을 건 여자애는 불안했는지 한 마디를 더했다.

"다리도 불편한데……. 그냥 내가 갈까? 나 힘 세."

꺼지라고 하고 싶은 걸 간신히 참고, 그 여자애를 지나 쳤다. 뒤에서 그 애의 친구들이 재수도 없고, 싸가지도 없 다고 욕하는 게 들렸다.

분리수거장에 폐휴지를 쏟아 놓고 교실로 돌아오는데 복도 끝 쪽이(우리 교실 바로 앞이었다) 유난히 소란스러웠다. 처음 보는 애들 네다섯 명이 와자지껄 떠들며 지나가고 있 었다. 이상한 건 주변의 반응이었다. 다들 은근히 그 애들 을 주목하는 분위기였다.

'뭐야. 무슨 아이돌이라도 온 것마냥.'

그 무리 애들은 자신들이 주목받는 걸 알고 더욱 과장 되고 소란스럽게 떠들었다. 아, 나도 알고 있는 느낌이었 다. 이건 학교에서 좀 인기 있거나 일진 같은 애들이 형성

하는 특유의 분위기였다. 좋은 쪽으로든 나쁜 쪽으로든 시선을 끄는 타입들이 만들어 내는 묘한 공기. 사고가 나기 전의 김주언은 이런 분위기를 만들어 내는 무리였다. 지금은 구경하는 쪽이지만.

가만 보니 과연 눈길을 끌 만했다. 일단 외모가 확 눈에 띄는 사람이 셋이고, 다른 한 명은 교복을 입었는데도 몸이 엄청 좋았다. 남은 한 명은 겉보기에는 평범했지만 저 무리에 끼어 있다는 것 자체가 평범한 건 아니었다. 다섯 명 중에서 가장 눈에 띄는 건 피부가 까만 여자애였다.

'그 인플루언서를 닮았네.'

이안. 케이블 방송에 출연해서 인기를 끌었던 그 메이크업 유튜버를 닮은 얼굴이었다.

'쟤도 혼혈이겠지? 이안 닮은 걸로 유명하겠군.'

뭐가 그렇게 재밌는지 다들 표정이 밝았다. 특히 이안을 닮은 애는 큰 입을 시원스럽게 벌리고 하하, 웃어 재꼈다. 피부가 까매서 하얗고 고른 치아가 도드라져 보였고, 웃는 얼굴이 더욱 유쾌하게 느껴졌다. 순간적으로 배알이 꼴렸다. 똑같이 학교라는 공간에 있는데 저 무리 애들은 청춘 드라마 세트장에 있는 듯하고, 나는 우울한 심리극의

현장에 있는 듯했다. 교실에 가까워지는 만큼, 그 무리와의 거리도 점점 가까워졌다. 괜히 심장이 쿵쿵 뛰었다. 이안을 닮은 여자애가 내 쪽으로 고개를 돌리려는 찰나, 나는 얼른 고개를 숙였다. 아무렇지 않게 그 무리를 지나쳤다. 살짝 달콤하고 약간 거북한 화장품 냄새가 흐릿하게 느껴졌다.

교실 문 앞께 있던 우리 반 여자애들은 무리가 멀어지자 시끌시끌 떠들었다.

"라온 오빠 오늘도 개존잘. 아역 배우 출신이 다르긴 다르다. 인스타 떠서 모델 제의받는다던데 저 정도 와꾸면 인정이지."

"넌 최라온파야? 나는 김정인이 더 좋더라. 이번에 스파링 영상 올린 거 봤어? 진짜 멋있어."

"야, 라온 오빠건 김정인이건…… 여자인 내가 봐도 역시 원탑은 40만 팔로어에 50만 구독자 이안이다. 아까 애들 거의 다 이안 쳐다보던데."

평소처럼 책상에 엎드리려다가 멈칫했다. 그냥 지나칠 수 없는 얘기가 들렸다. 이안이라니. 그냥 많이 닮은 게 아니었어?

"방송 물 먹은 애 인기는 못 이기지. 쟤들 다 한 인기 하지만 이안에 비하면 뭐…… 그냥 일반인 아니겠어?"

한 애가 우다다 열변을 토했다. 옆에 있던 짧은 단발머리 여자애가 휴, 한숨을 쉬면서 고개를 끄덕였다.

"개부럽다 진짜. 쟤는 대학이나 취업 걱정 같은 건 안 하겠지?"

"절대 안 하지. 인생 이미 로또 맞은 거나 다름없는데."

골치가 아팠다. 방금 그 애가 정말로, 진짜 이안이 맞는 모양이었다. 불과 며칠 전에 내가 악플을 남겼던 바로 그 인플루언서 이안 말이다. 뭐라고 달았더라? 여러 사람에게 무작위로 악플을 달았더니 내용도 잘 기억나지 않았다.

'뭐라고 달았든 절대 들키면 안 돼.'

중요한 건, 내가 찌질한 인간이라는 걸 들키지 않는 거였다. 앞으로도 죽 조용히 지내야겠다고 생각했다. 땅속 개미처럼 있는지 없는지도 모르게.

갑작스러운 이슈에 놀란 가슴은 종례 시간이 될 즈음에야 완전히 진정되었다. 흥분이 가라앉자 이성적인 사고가 돌아왔다. 어차피 그 무리 애들과 내가 얽힐 일은 없고, 혹여 우연히 뭔가로 얽힌다 해도 이안이 알 리 없을 터였다. 애초에 악플을 남기는 사람이 한두 명도 아니지 않은가.

'그래도 당분간 걔 관련된 인터넷 글이랑 SNS에는 악플 달지 말자……'

그래, 그러면 되겠지.

♡ ⃝ ⊲

이안과 그 애의 친구들은 꽤 자주 학교 곳곳에서 시선을 끌었다. 나는 그저 먼발치에서 '아 또 쟤들이군.' 하고 아니꼬운 심경으로 지나치곤 했다. 문제는 그 아니꼬운 심경이 점진적으로 발전해 나가고 있다는 거였다. 이안의 무리는 자꾸 내가 잃어버린 것을 상기시켰다. 그 애들은 예전의 나처럼 밝고, 자신감이 넘쳤다. 사지가 다 멀쩡했으며 외모도 훤칠했다. 다들 능력도 있었다. 학교의 모든 애들이 다 그 인플루언서 무리를 부러워하고 동경했다. 전부 내가 예전에 가졌던 것이었다.

'아…… 짜증나.'

그 무리를 보는 것만으로도 비참함을 느꼈다. 지금

처럼.

"와, 진짜 졸라 배고파. 우영아, 오늘 밥 두 번 먹을래?"

녀석들은 급식실에 들어오는 순간부터 소란스러웠다.

"엥, 너희 아까 매점도 갔잖아. 그렇게 먹다 돼지 된다."

입구 근처 식탁에서 급식을 먹고 있는 내 쪽으로도 하민영의 높은 목소리가 들렸다.

"우리는 맨날 체육관 가서 운동하니까 절대 돼지 될 일 없다. 너나 조심해라, 아이돌."

"존나 너 나 놀리지? 내가 아이돌이라고 하지 말랬지. 이안아, 김정인 나 놀리는 거 맞지?"

"왜, 어차피 몇 년 안에 아이돌 될 거잖아."

아주 지들끼리 신이 났다. 이안, 하민영, 최라온, 김정인, 김우영. 학교에 나와 가만히 있기만 해도 듣게 되는 이 애들의 정보를 정리해 보면 이렇다.

이안은 SNS나 인터넷 커뮤니티를 좀 한다 하는 애들이 다 알고 있는 그대로였다. 케이블 방송에 나와서 혼혈 특유의 묘한 분위기와 예쁘장한 이목구비, 어릴 적의 왕따를 극복한 서사 덕에 인기를 끌었고, 그 물결을 잘 타서 메이크업 유튜버로 승승장구하고 있다.

"야, 김정인. 나 미트볼 한 개만."

"아까 나보고 돼지라며. 꺼지세요."

"쪼잔한 새끼."

그런 이안이 이 학교에서 제일 친한 아이가 바로 저 하민영. 얘는 중소기업이라고 하기에도 뭐한 애매한 수준의 연예 기획사 연습생이다. 이미 홍보용 인스타가 개설되어 있고, 나름대로 인기가 있는 모양이었다.

"둘 다 그만하고 앉아서 밥 먹자."

이안과 하민영만큼 외모가 특출난 최라온. 무리에서 유일하게 고3이다. 열아홉 살 최라온이 열여덟 살인 이안 무리와 함께 다니는 이유에 대해서도 주워들은 게 있었다. 하나는 최라온이 이안에게 반해서 들이댄다는 거, 다른 하나는 이안의 유명세를 이용해서 자기도 좀 떠 보려고 들러붙는다는 거였다. 대부분의 애들은 후자 쪽이 맞을 거라고 추측했다. 최라온이 작년부터 시작한 인스타에는 유난히 이안과 찍은 사진이 많이 올라왔고, 자신의 인스타 라이브 방송에 이안을 종종 초대했기 때문이다. 이안과의 친분을 과시하기 시작한 지 얼마 되지 않아서 최라온은 인스타 훈남으로 소소하게 인기를 끌었다. 전략적으로 접근한 거라면 성공이지 싶었다.

"형, 모델 한다면서요. 밥 다 먹으면 살쪄요. 저 한 숟갈만 주세요."

그리고 김정인. 모델 제의를 받는다는 최라온과 비등할 정도로 키가 크고 몸이 다부졌다. 소문에는 중학생 때부터 킥복싱을 배웠다고 한다. 겉만 보면 양아치 같은데, 질 나쁜 행동은 하지 않는지 의외로 나쁜 소문은 없었다. 애가 좀 힘 넘치는 바보 같다는 얘기는 있었지만.

나는 다시 힐끔, 김정인을 쳐다봤다. 미트볼 두 개를 한 입에 털어 넣고 있었다. 힘 넘치는 바보 같다는 말이 뭔지 좀 알 것도 같았다. 이 녀석은 이안이 인플루언서로 활약하는 걸 보더니 갑자기 격투기 유튜버를 하겠다고 설치는 중이라고 들었다.

"김정인, 밥 먹고 푸시업으로 후식 내기하자. 그거 찍어서 유튜브 영상 하나 올리고."

바로 이 평범해 보이는 김우영과 함께.

김우영은 앞의 네 명에 비하면 특별할 것 없는 평범한 인상이고, 체격도 김정인에 비하면 딱히 대단해 보이지 않았다. 하지만 공부와 운동을 모두 잘하는 괴물 같은 놈이라고 했다. 우리 학교 전교 5등이면서 킥복싱도 수준급으로 한다는 말을 듣고 역시 저 빛나는 무리에 '평범한 학생'은 없구나, 생각했다. 김정인과 김우영은 초등학생 때부터 친구였다고 한다.

남은 밥을 입에 넣는데 입맛이 썼다. 축구를 그만두고 난 뒤로 밥맛이 도는 날은 손에 꼽을 만큼 드물었지만 지금은 유난히 밥맛이 없었다. 더 먹기를 포기하고 남은 밥과 반찬을 모조리 국에 말았다. 자리에서 일어나면서 문득 원래의 나라면 어땠을까 하는 생각을 했다. 다리도 얼굴도 멀쩡한 김주언이라면 저 무리에 낄 수 있을까. 백 번을 생각해도 '예스'다. 저 애들이 먼저 나를 영입하려고 다가왔을지도 모른다. 최라온 같은 약삭빠른 애들이 나서서 은근하게 말을 걸어오지 않았을까.

'와, 너 공 진짜 잘 찬다.'

이런 식으로?

"어! 야, 조심……!"

부질없는 상상에 빠져 있는데 뒤쪽에서 누가 다급하게 외쳤다. 뭐지, 싶은 순간에 이미 나는 코앞까지 다가온 기둥에 퍽 부딪혔다. 식판이 확 흔들리면서 국에 말아 버린 잔반들이 우르르 내 쪽으로 쏟아졌고, 숟가락과 젓가락이 요란한 소리를 내면서 떨어졌다. 시끌시끌하던 식당이 잠시 조용해졌다. 어디선가 "잘 좀 보고 다니지……." 하고 안타까워하는 소리가 들렸다. 미지근하게 젖어 드는 교복이 몹시 불쾌했다. 식판을 바로 옆 테이블에 올려 두고, 식당에 비치된 휴지를 뽑아서 음식물을 주워 담았다. 허겁지겁 몸을 일으키는데 근처에서 누군가 드르륵 의자를 밀고 일어났다. 이안이었다. 이안이 자리에서 벌떡 선 상태로 날 쳐다보고 있었다. 그 애의 큰 눈이 여러 번 깜빡였다. 눈이 마주치는 순간, 이안은 잠깐 인상을 찌푸렸다가 곧 뭔가를 깨달은 사람처럼 다시 눈을 크게 떴다.

'뭐야. 뭔데 사람을 저렇게 봐.'

얼굴의 흉터 때문인가. 징그럽기야 하겠지만 저렇게 놀랄 정도는 아니지 않나.

'설마 내가 악플 단 거 알았나?'

그럴 리가 없다는 걸 알면서도 황급히 고개를 숙였다. 이안은 내가 더 움직이기도 전에 다가와서 내 앞을 막았다. 애들이 다 우리를 쳐다보고 있는 게 느껴졌다. 괜히 침이 꼴깍 넘어갔다. 이안은 내 이마부터 턱 끝까지를 찬찬히 훑어봤다.

"너⋯⋯."

한 음절을 내뱉고서 또 뜸을 들인다. 그 애의 입술이 떨어질 듯 말 듯 달싹거리다가 익숙한 이름을 불렀다.

"김주언?"

내 명찰을 봤을 것이다. 그러나 왜? 왜 내 이름을 부른단 말인가? 그것도 저렇게 믿을 수 없다는 표정을 하고.

"김주언 맞지?"

"어⋯⋯ 맞긴 한데⋯⋯."

나도 이안의 얼굴을 살폈다. 양 광대뼈와 콧잔등 위까지 퍼져 있는 주근깨가 뭔가 익숙했다. 이 애의 영상과 사진을 봤기 때문일까? 가까이에서 보니까 유난히 짙고 풍성한 속눈썹도 기억을 건드렸다. 내가 얘를 어디서 실제로 보았을까, 머릿속을 헤집는데 이안이 갑자기 콧잔등을 찡그리면서 씩 웃었다.

"와, 대박."

"어?"

"너를 한 번쯤 다시 만났으면 좋겠다고 생각했었는데."

"뭐?"

그 순간 따뜻하고 보드라운 촉감이 전신에 닿아 왔다. 이안이 나를 확 당겨서 가볍게 끌어안은 것이다. 주변에서 헉 하고 숨을 들이키는 소리가 들렸다. 전교생이 바글바글 모여 있는 식당 한복판에 지금 무슨 일이 일어나고 있는 건가. 멍청하게 기둥에 부딪혀서 교복까지 더럽힌 남자애를 핫한 인플루언서 여자애가 끌어안고 있는 이 상황은 대체 뭐지? 머리가 제대로 돌아가기도 전에 이안의 목소리가 들렸다. 그 애의 팔은 여전히 내 등을 감싸 안고 있었다.

"반갑다, 김주언. 나 최유안이야."

최유안. 이안의 본명이 그런 이름이었다고 어디선가 들은 것 같다. 그러나 그보다 더 익숙한 느낌이 들었다. 나는 이 애를 알고 있다. 어디서? 언제 알았지?

"나 기억 안 나? '도깨비'라고 하면 기억이 날까?"

최유안이 안았던 팔을 풀고 한 걸음 물러났다. 도깨비. 그 순간 머릿속에 확 떠오르는 아이가 있었다. 작고, 마르고, 까맣고, 소 같은 눈을 가진 아이.

어라……? 최유안……?

♡ ♢ ◁

　우리 학교에는 새끼 도깨비가 있었다. 작고, 마르고, 까매서 꼭 시골 할머니네 가야만 볼 수 있는 오래된 나무 빗자루 같은 인상이었다. 그럴 리가 없다는 걸 알면서도, 애들은 수백 년 묵은 나무 빗자루나 부지깽이가 인간으로 변한 게 바로 그 애라고, 그 애는 도깨비라고 떠들었다. 꽤 악랄하게 놀려 댔기 때문에 그 애를 모를 수 없었다. 더구나 그 애는 백탁이 심한 선크림을 덕지덕지 바르고 다녀서 유난히 짙고 풍성한 눈썹이나 속눈썹이 더 도드라져 보였고, 부리부리한 큰 눈만 둥둥 떠 있는 것처럼 보이기도 했다. 안타깝지만 별명에 어울리는 행색이었다. 나도 먼발치에서 그 애를 보고는 '과연!'이라고 생각했었다. 그러나 딱 그 정도의 관심이었다. 들리는 이야기에 그렇군, 하고 반응하는 정도의 관심.

　새끼 도깨비와 같은 반이 된 것은 6학년 때였다. 최고 학년이 된 것에 은근한 자부심을 느끼면서 친구들과 교실로 들어갔는데 교탁과 가장 가까운 앞자리에 부자연스러우리만큼 하얀 얼굴이 있었다. 처음으로 도깨비와 눈이 마주쳤다. 그 애는 큰 눈을 더욱 크게 떴다. 겁먹은 소 같은 눈이 휙 시선을 피했다. 나와 함께 교실로 들어온 애가 "아 뭐야, 도깨비도 이 반이네." 하고 괜히 이죽거렸다. 도깨비의 마른 어깨가 조금 움츠러들었다. 그리고 그 순간에 뒷문으로 한선아가 들어왔다. 우리 학교에서 제일 예쁜 여자애였다. 당시 여자애들한테 가장 인기가 많은 남자애가 나였다면, 남자애들한테 가장 인기 많은 여자애는 한선아였다. 쌍꺼풀이 없는 큰 눈에 웃는 게 무척 예쁜 '귀염상'이었다. 한선아가 들어오는 걸 보니까 뭐라도 해야겠다는 생각이 들었다. 나는 도깨비를 향해 이죽거렸던 놈의 어깨를 툭 쳤다.

"야, 너는 왜 첫날부터 사람을 놀리냐? 무슨 도깨비야 도깨비는. 가만있는 애한테."

일부러 목소리를 크게 했다. 한선아가 들어야 했으니까. 갑자기 핀잔을 듣게 된 친구 놈은 "어쭈?" 하고 웃었다.

"와, 이 새끼 또 착한 척하네. 이게 다 인기 유지하려는 작전이란 걸 애들이 알아야 할 텐데."

"억울하면 너도 착한 척해라!"

그렇게 말하면서 나는 자연스럽게 한선아 앞자리에 앉

왔다.

"안녕."

그러자 한선아는 밝게 웃었다. 아, 정말 너무 예쁜 미소였다. 우리는 몇 마디 말을 주고받았고, 곧 담임 선생님이 들어왔다. 조례하는 내내 뒷자리의 한선아를 의식하느라 등 근육이 다 뻐근했다. 목덜미까지 뻣뻣해질 즈음에서야 다른 게 신경이 쓰였다. 앞쪽에 보이는 도깨비의 마른 어깨와 위축된 뒷모습이었다.

'좀 자신감을 가지면 좋을 텐데.'

그런 생각이 들게 하는 모습이었다.

첫날 이후로 한동안 새끼 도깨비를 의식하게 되는 일은 없었다. 물론 한 반이니까 오다가다 마주치기도 했고, 선크림이 둥둥 뜬 그 부담스러운 얼굴은 볼 때마다 신경을 건드렸지만 다 순간적인 인지에 불과했다. 그 애와 나의 세계는 달랐고, 나는 그 애가 조금도 궁금하지 않았다. 가끔 반 애들이 은근하게 괴롭힐 때 조금 측은하게 여기는 정도였다. 안쓰러우니까 나라도 잘해 줘야지, 하는 정도 말이다(실제로 살갑게 챙기거나 하지는 않았지만, 다른 애들한테 하듯 똑같이 대했다). 거기서 조금 더 발전된 관심과 태도를 취하게 된 건 순전히 한선아 때문이었다.

한선아를 포함해서 반 애들 몇 명과 함께 떡볶이를 먹으러 간 날이었다. 사춘기 남자애, 여자애가 모였으니 얘기는 자연스럽게 서로의 이상형으로 넘어갔다. 한 명이 먼저 농담처럼 "얼굴 괜찮고, 날씬하면 다 괜찮아 난." 하고 얘기했고, 애들은 웃으면서 야유했다. 한 명이 나를 보면서 "너는?" 하고 물었다. 나는 한선아를 한번 쳐다보고 웃는 게 귀여운 애가 좋다고 했다. 친구들로부터 웃는 게 예쁘다는 칭찬을 많이 듣는 한선아가 살짝 시선을 내리깔면서 "너무 틀에 박힌 대답 아니야?" 하고 웃었다.

"너는?"

한선아는 잠깐 고민하는 듯하다가 내 눈을 똑바로 쳐다보면서 말했다.

"착한 애. 그런 애들을 보면 마음이 따뜻해져."

애들이 시시하다며 또 야유했다.

그날 이후로 나는 '더 착한 애'가 되기 위해서 노력했다. 너무 티 나면 좀 우스워 보일 것 같으니, 임팩트가 있는 한 방을 노려 가면서 착한 척을 했다. 쉽지는 않았다. 원래도 착했는데(주변에서 많이 듣는 말 중에 하나가 "김주언은 착하기까지

하다."였으니, 괜한 착각은 아닐 것이다) 인위적으로 뭔가를 더 하려고 하니까 아무래도 뭔가 어색한 느낌이었다.

그래서 이용한 게 도깨비였다. 반 모두와 어울리지 못하고, 거의 모든 학생들에게 기피 대상이자 놀림거리가 되어 있는 그 애를 챙기기 시작했다. 무리에 데리고 들어오는 정도까지는 아니더라도, 짝 활동에서 그 애를 선택하거나, 먼저 살갑게 인사를 하거나, 뭘 안 가져왔을 때 선뜻 빌려주거나 하는 식이었다. 인위적이지 않게, 과하지 않게 적절히.

외롭고 불쌍한 도깨비를 이용한 결과는 좋았다. 한선아와의 관계는 착실하게 발전했다. 죄책감은 없었다. 도깨비에게도 나쁠 것 없는 일이었기 때문이다. 내가 챙겨 줄 때만큼은 반 애들도 도깨비를 건드리지 않았다. 짝 활동이나 모둠 활동 같은 난감한 경우에도 도깨비는 내 덕분에 수치를 조금 덜 수 있을 터였다. 그러니 그 애를 이용하는 것은 서로 좋은 일이었다.

나는 혹시 도깨비가 들러붙지나 않을까 걱정했다. 그 애의 상황에서 나는 동아줄 같은 것이었으니, 매달리거나 집착할지도 모른다고 생각했다. 다행히(또 의외로) 도깨비는 선을 잘 지켰다. 그 애는 꼭 나와 자기 세계의 경계를 착각하지 않겠다고 결심한 사람처럼 별다른 친밀감을 내보이지 않았다. 이를테면 이런 거였다.

"어? 너 왜 그러고 있어?"

교실에 남아서 선생님의 잔심부름을 돕고 좀 늦게 학교를 나온 날이었다. 이미 애들이 거의 다 빠진 운동장에 도깨비가 있었다. 마르고 볼품없는 몸을 뻣뻣하게 굳히고, 그야말로 빗자루처럼 운동장에 우두커니 서 있었다. 가까이 다가가서 보니, 이마에 땀이 송골송골 맺혀 있었다. 6월. 날씨가 많이 더워지기는 했다.

"너 표정이 안 좋은데……. 어디 아파?"

도깨비는 어색하게 웃으면서 고개를 저었다. 문득 체육 시간에 있었던 작은 소란이 생각났다. 남자애들은 축구, 여자애들은 피구를 하고 있었다. 한창 피구를 하던 중에 누가 이 애를 잡아당겨 방패로 삼았다. 마르고 작은 체격의 도깨비는 속절없이 끌려가다 크게 넘어졌다. 5분쯤 자리에서 일어나지 못하다가 절뚝거리며 양호실을 갔었다.

시선이 자연스럽게 그 애의 발목으로 향했다. 그 애는 꼭 치부를 들킨 사람처럼 슬그머니 오른쪽 다리를 뒤로 당겼지만 이미 부은 발목이 눈에 들어왔다. 절로 휴, 하고 한 숨이 나왔다.

"집 어디야? 데려다줄게."

말을 뱉어 놓고도 마뜩지 않았다. 3시에 한선아랑 맥도 날드에서 만나기로 했고, 이미 2시 45분이었다. 뛰어가도 빠듯하게 도착할 시간이었다. 뇌를 거치지 않고 말이 나온 건, 도깨비를 향한 측은지심과 착한 척이 이미 약간은 습 관처럼 되어 가고 있었기 때문일 것이다.

"아니야. 괜찮아. 집이 근처라서 금방 가."

반사적인 거절이라고 생각했다. 당황스럽고 어색해서 괜찮다고 말하긴 했어도 사실은 은근하게 바라고 있지 않 을까. 차라리 잘됐다. 모른 척, "정말 괜찮아? 혼자 갈 수 있겠어?" 하고 걱정의 말을 한마디 더 던지면, 아쉬워하면 서도 분위기상 괜찮다고 대답할 것이다. 그러면 자연스럽 게 친절을 거둬들일 수 있었다. 한껏 염려스러운 표정을 만들며 도깨비의 눈을 쳐다봤다.

'뭐야⋯⋯.'

소처럼 맑은 눈을 마주친 순간에 난 그 애의 거절이 진 짜라는 걸 알았다. 부담도, 당황도 아닌 순수한 거절의 눈빛이었다. 아니, 거절이라기보다는 '선'을 알고 있어서 그 이상은 넘어올 생각도 하지 않는 것과 같았다. 기대가 없는 눈빛에는 거짓도 없었다.

"정말 괜찮아. 고마워."

도깨비는 작은 목소리로 "안녕, 잘 가." 인사를 하고 절뚝절뚝 걸어갔다. 뒤에 있는 내가 신경 쓰였는지, 등을 꼿꼿하게 세우고 차분하게 걸음을 옮겼다. 나는 당황스럽기도 하고, 왜인지 짜증도 좀 나서 그대로 그 볼품없는 등짝을 계속 바라봤다. 도깨비가 정문을 넘어, 학교의 담벼락 뒤로 사라질 즈음에 잠깐 잊었던 한선아가 생각났다.

나는 한선아와의 약속에 늦었고, "도깨비가 절뚝거리고 있길래 도와주고 오다가 늦었어. 불쌍하잖아."라고 변명했다. 물론 한선아는 이해해 줬다. 그러나 이상하게도 그날은 한선아에게 집중할 수가 없었다. 괜찮다,고 말하는 무해한 얼굴이, 그 기대 없는 낯빛이 자꾸 떠올랐다.

♡ ◯ ◁

기억은 잘려 나간 필름처럼 드문드문 떠올랐고, 그마저

도 완전하지는 않았다.

'얘가 그 최유안이라니.'

사장되어 있던 도깨비에 대한 기억을 끌어올리고 보니까 과연 어릴 적 그 얼굴이 있었다. 그러나 하찮던 도깨비와 인플루언서 이안이 동일 인물이라는 실감은 전혀 들지 않았다.

'분위기가 너무 다르잖아.'

자신감 있는 눈빛과 당찬 태도를 장착한 도깨비라니. 인기가 많은 애들을 친구로 두고, 그 무리 안에서도 가장 존재감을 나타내는 애가 어떻게 그 시절의 도깨비일 수 있단 말인가. 아마 최유안이 먼저 알은체하지 않았다면 평생 몰랐을 것이다.

"진짜 대박이다. 어떻게 여기서 너를 만나지? 너 원래 이 학교 다녔어?"

최유안이 내 양팔을 붙잡고서 마구 흔들었다. 음식물로 범벅이 된 휴지가 손에서 팔랑거렸다. 나 기억났어? 언제 이 지역으로 이사 왔어? 잘 지냈지? 질문이 쏟아졌다. 대꾸할 시간도 주지 않고 몰아붙이던 최유안은 갑자기 아까처럼 내 얼굴을 빤히 들여다봤다. 시선이 흉터를 훑었다.

전학 오기 전의 학교에서 나를 알아봤던 그 애와 같은 눈빛이었다.

'근데 너 얼굴은 왜 그렇게 됐어?'

최유안도 이 질문을 하겠지. 그렇다고 또 다른 학교로 전학을 갈 수는 없다. 흉터에 대해서 묻거나 혹시 축구를 계속하냐고 물으면 태연하게 대답할 수 있을까. 어쩌면 '너 왜 이렇게 변했어?'라고 물어 올지도 모른다. 최유안의 분위기가 180도 바뀐 것처럼 아마 나도 그럴 테니까. 마음의 준비를 하려고 해 봤지만 심장은 무서운 속도로 쿵쾅거리기만 했다. 최유안과 눈이 마주쳤다. 나는 내가 패배자의 눈을 하고 있지 않기만을 바랐다.

"한 5년 만에 보는 것 같다. 그치?"

아, 말을 돌리기로 했나 보다. 다행이었다. 순식간에 긴장이 풀렸다. 그러자 조금쯤 웃을 수 있었다. 어색하기 짝이 없는 미소를 지으면서 고개를 끄덕였다.

"아마도. 오랜만이다. 잘 지냈지?"

"덕분에."

덕분이라니. 인사치레치고는 너무 과해서 픽 웃음이 났다.

"진짜야. 진짜로 덕분에 잘 지냈어, 나는."

영문을 알 수 없는 말을 한다. 혹시 초등학교 시절에 내가 베푼 친절이 여태 감격스러운 것일까. 최유안은 그때 나의 그 친절이 좋아하는 여자애랑 썸 좀 타 보기 위한 가식이었다는 걸 모른다.

최유안은 계속 붙잡고 있던 내 팔을 한 번 더 꽉 힘주어 잡았다가 놓았다.

"진짠데……. 뭐, 그런 건 차츰 얘기하면 되니까."

그렇게 최유안은 '앞으로도 알고 지낼 것'을 암시했다. 그 뒤에 잠시 머뭇거리는가 싶더니 덧붙여 말했다.

"너도 여러 가지 일이 있었던 것 같고."

그 말에 아까처럼이라도 웃으면서 그래,라고 답할 수 있다면 얼마나 좋았을까. 나는 그러지 못했다. 얼굴이 딱딱하게 굳어지는 것을 그 애도 알았을 것이다. 그래도 최유안은 상냥한 미소를 지었다.

"몇 반이야?"

"……6반."

"찾아갈게."

"안녕, 또 봐." 하고 산뜻하게 돌아서는 뒷모습을 우두커니 바라봤다. 문득, '이 애, 선이 없어졌구나.' 하는 생각을 했다. 어릴 적, 나와 자신의 경계를 결코 넘어오려고 하지 않았던 그때와 달랐다. 없어진 경계가 당황스러웠다. 주변에서 웅성거리는 소리가 들렸다.

"뭐야, 쟤 누군데?"

"이안 친구야?"

"쟤 저번에 쓰러졌다고 소문난 그 전학생이래."

"흉터 뭐야. 징그럽다."

나는 황급히 식판과 휴지를 처리하고 식당을 나왔다.

그날 온종일 주변이 소란했다. 식당에서 이안이 웬 음침한 남자애에게 알은 척을 하고 심지어 끌어안기까지 했다는 소문이 순식간에 퍼졌고, 다음 날에 그 소문은 변형된 형태가 되었다.

"이안이 6반 찐따한테 대시했대."

"이안이 식당에서 전 남친 만났대."

"이안, 남자 취향 최악이래."

인플루언서라 그런지 이야기가 퍼지는 과정에서 자극적인 말들이 붙는 모양이었다(하긴, 냅다 끌어안은 걸 생각하면 이해가 되기도 했다). 뭐 그거야 내 알 바 아니지만 성가시게도 반 애들이 대놓고 이안에 대해 물어 왔다.

"김주언, 네가 어떻게 이안을 알아? 둘이 뭐, 친구였어?"

동그랗게 뜬 눈과 부드러운 말투에 비해서 느껴지는 속뜻은 그리 살갑지 않았다. 네까짓 게 어떻게 이안을 아는지, 네가 뭔데 이안이 널 그렇게 반갑고 친밀하게 대하는 것인지를 추궁하려는 속내가 느껴졌다. 돌려줄 대답은 간단했다.

"초등학교 때 친구였어."

나조차도 껄끄러운 이 대답은 애들을 만족시킬 수 없었다.

"무슨 친구가 그렇게 갑자기 끌어안아? 그것도 애들 바글거리는 급식실에서?"

그걸 난들 알겠는가. 내가 최유안에게 그토록 반가운 존재라는 건 나도 믿지 않는 일이었다. 굳이 짐작하면 초등학교 시절에 좀 잘해 줬던 것, 그것뿐인데 사실 그것도 딱히 설득력이 있지는 않았다. 고작 그 정도로……? 하는 생각이 드는 것이다.

복도에서도 나를 알아보고 수군거리는 애들이 있었다. 얼굴에 흉터가 있으니 내가 소문의 남자라는 걸 알아차리는 건 유치원생이라도 가능했다. "쟤야, 쟤." 그 소리가 지겨워질 즈음 최유안이 반으로 찾아왔다. 7교시가 끝난 다음이었다. 평소처럼 책상에 엎드려 있던 내 등을 누가 톡톡 치길래 고개를 드니, 거기에 최유안이 있었다. 찾아온다던 말이 진심이었던 모양이다.

"우리 소문난 거 들었어?"

씩 웃는 표정이 장난스럽다. 최유안은 일부러 묘한 뉘앙스로 얘기를 하고 있었다. 역시 내가 알던 최유안이 아니었다. 목소리도 작고, 늘 자신감 없던 애가 대체 언제 이런 성격이 된 걸까?

'하긴…… 달라진 건 나도 마찬가지지.'

아니면 원래 이런 성격인데 어릴 때는 처한 상황 때문에 발현되지 않았는지도 모른다. 순간 고집스럽게 아픈 발을 끌면서 운동장을 가로지르던 최유안의 등이 생각났다. 아, 역시 원래부터 기질이 그랬던 거다.

"소문이 이상하게 난 건 아마 나 때문일 거야. 미안해."

최유안은 대뜸 사과를 했다. 방금 전, 능글맞게 말을 꺼낸 것치고는 진심으로 미안해하는 것처럼 보였다. 그러나 소문으로 피해를 보는 쪽은 최유안일 것이었다.

"나는 괜찮아. 오히려…… 네가 안 괜찮을 것 같은데."

"주언아……. 너는 옛날이랑 똑같다."

그 말을 어떻게 받아들여야 할지 알 수 없어서 난감하고 당황스러웠다. 옛날의 김주언과 지금의 내가 똑같다니. 농담으로라도 못 할 말이었다. 최유안은 조금 홍조가 오른 얼굴로 잠깐 미소를 지었다가 왜인지 또 미안한 듯 눈을 찡그렸다.

"근데…… 사과는 받아 두는 게 좋을 거야."

나와 눈이 마주친 그 애가 이번엔 눈을 살짝 피했다.

"정말 그러지 않았으면 좋겠는데, 아마 며칠 내로 무슨 뜻인지 알게 될 거야. 진짜 미안."

찰칵 소리가 들린 건 그 순간이었다. 반 애 중에 한 명이 먼발치에서 폰을 이쪽으로 돌리고 있었다. 최유안은 그 애에게로 다가가서 부드럽게 물었다.

"내 사진 찍었지?"

사진을 찍은 여자애는 얼굴이 발개졌다.

"혹시 김주언도 찍혔어?"

여자애가 마지못해 고개를 끄덕이자, 최유안은 달래듯이 말했다.

"나는 SNS에 공개된 사람인데, 쟤는 아니잖아. 폰 줘봐. 사진 삭제하게."

사진을 처리하고 최유안은 다시 내 자리로 돌아왔다.

"이런 일이 있을 것 같아서 사과했어."

최악이다. 이러다 인터넷에 내 얼굴까지 떠돌게 될 수도 있었다. 다른 애들이라면 이안과 엮여서 좋다며 설레발을 칠 수도 있겠지만 나는 아니다. 난 되도록 세상에서 묻히고 싶은 사람이다. 세상에 드러나야 할 것은 이토록 처참하게 실패한 김주언이 아니라 천상천하 유아독존이었던 과거의 김주언이다. 내 표정이 안 좋아지자 최유안은 거듭 사과했다. 머리가 지끈거렸다. 그러니까 네가 거기서 나를 왜 안아, 왜 나한테 알은척을 했어. 원망의 말이 목구멍까지 치솟았다.

"어쩔 수 없지. 괜찮아. 사람들이 관심을 갖는 건 너지, 내가 아니니까 별일 없을 거야."

마음에 없는 말이었다. 거기다 살짝 미소를 짓기까지. 주변에는 최유안과 나의 대화에 귀를 세운 애들이 많았고, 무엇보다도 아까 최유안이 했던 말이 브레이크를 걸었다. "너는 옛날이랑 똑같다."는 말. 최유안이 기억하는 옛날의 김주언을 망가뜨리고 싶지 않았다. 한때 내가 동정했던 누군가가 지금 나를 동정하는 게 미치도록 싫었다.

나의 '괜찮은 척'이 자연스러웠는지 최유안은 내 손을 꽉 잡고 고마워했다.

"역시 너는 그대로구나."

최유안은 내 핸드폰 번호를 물었다. 그날 저녁, 최유안에게 카톡이 왔다.

> 💬 혹시 괜찮으면 토요일에 밥 먹을래?
>
> 💬 미안해서 그래. 밥이라도 사야 내 마음이 좀 편하겠어.
>
> 💬 아, 나랑 어울리면 더 피해 보려나.ㅠㅠ
>
> 💬 불편하면 거절해도 괜찮아!

생각의 흐름이 고스란히 느껴지는 메시지였다. 제일 처음 마음에 떠오른 건 확고한 거절이었다. 최유안의 메시지 속에 답이 있었다. 이 애와 친해지면 언젠가는 피해를 볼 것이다. 원치 않는 관심을 받아 나의 과거가 조각조각 떠오르게 될지도 모른다. 그러나 그런 것이 부담스럽다고 호의를 거절하자니 나의 쪼그라든 속내를 다 들키는 것 같았다. 어느 쪽이 더 싫은가. 잠시 눈을 감고 저울질을 했다.
추가 기울었다.

🗨 토요일 몇 시?

어릴 적 세상을 다 가지고 살던 김주언이라면 호쾌하게
웃으며 좋다고 대답했을 것이므로, 나도 그래야만 했다.

기억, 터닝 포인트

"걘 누군데?"

그렇게 묻는 라온 오빠 옆으로 하민영과 김정인, 김우영도 모두 같은 표정을 하고서 나를 바라보고 있었다. 흥미가 가득한 눈빛에 궁금해 죽겠다는 듯이 살짝 찌푸린 미간까지 모두 똑같았다.

"치킨 먹자고 나오라고 난리 친 게 이거 때문이야? 그날 얘기했잖아."

"야, 솔직히 네가 설명이 너무 부족했잖아."

하민영이 실실 웃으면서 내 어깨를 툭 쳤다. 라온 오빠가 격렬하게 동의했다.

"맞아. '어릴 때 나를 도와줬던 친구. 인생의 터닝 포인트', 딱 이렇게만 설명하는 건 너무하지 않냐?"

말을 듣고 보니 정말 그런가 싶기도 했다. 김주언을 우리 학교 급식실에서 만났는데 논리정연하게 관계를 설명할 정신이 있을 리 없었다. 게다가 그날의 마주침은 정말 뜬금없지 않았나. 만약 어떤 징조라도 있거나 그 애에 대한 소식을 알기라도 했다면 모르겠지만.

'아, 정말 꿈꾸는 줄 알았어.'

쨍그랑, 소리에 무심코 고개를 들었다. 아무런 생각 없이 바라본 곳에는 옷에 음식물을 쏟은 남자애가 있었고, 고개를 다시 돌리려는 순간에 나의 깊은 무의식이 기억장치 어딘가를 자극했다. 내가 저 애를 알고 있다는 강한 느낌을 받았다. 허둥지둥 음식물을 치우는 그 애를 좀 더 지그시 바라봤다.

'누구지? 분명 어디서 본 것 같은데.'

속쌍꺼풀이 옅게 진 눈매가 익숙한 것 같기도 하고, 끝이 동그란 코 모양이 익숙한 것 같기도 했으나, 정확하게 딱 떠오르는 바가 없었다. 어쩔 수 없이 몸을 일으켜서 명찰을 확인했을 때, 그때 비로소 나는 머리를 한 대 후려 맞은 듯한 충격과 함께 오랜 기억 속의 인물을 떠올렸다.

'김주언!'

깨달은 순간에 몸이 먼저 움직였다. 앞에서 들여다보니, 그래, 그 애가 맞았다.

'뭔가 조금 달라졌네.'

5년은 긴 시간이었다. 얼굴의 흉터도 그렇고 풍기는 분위기가 기억과는 좀 달랐다. 그런 생각이 들었을 때, 왜인지 그 애를 안고 싶어졌다. 깊이 생각하지 않고 가볍게 포옹했다. 김주언이 뻣뻣하게 굳는 게 느껴졌다.

김주언은 나를 기억하지 못하는 것 같았다. '도깨비'라는 별명을 말해 주자 눈이 커졌다. 덕분에 잘 지냈다고 하자 그 애는 블랙 조크를 들은 것마냥 픽 웃었다. 그때도 나는 달라진 분위기를 느꼈다. 유쾌하게 웃으면서 농담처럼 '너 많이 달라졌다.'라고 할 수도 있었지만 왠지 그래서는 안 될 것 같다는 직감이 들었다. 얼굴의 흉터 같은 거였다. 눈에 분명히 보이지만 예의상 쉽게 물어서는 안 될 그런 종류. 게다가 분위기가 어떻든 김주언은 김주언이다. 그게 가장 중요했다.

자리로 돌아오자 친구들은 그야말로 경악의 표정을 짓고 있었다. 도대체 뭐냐고 따지듯이 물어 올 기세라서 대충 설명을 해 줬다. 초등학교 때 친구인데 날 많이 도와준 착한 아이이고, 내 인생의 터닝 포인트와 같은 존재라고. 간략한 설명을 마치자 하민영이 쯧, 혀를 찼다.

"그러면 악수 정도만 하지 그랬어. 냅다 끌어안았으니 이상한 말이 돌지도 몰라. 너야 그렇다 쳐도 네 동창 사진까지 인터넷에 올라가면 어떡할래."

과연 아이돌 연습생다웠다. 일리가 있는 말이었다. 어쨌거나 나는 방송 물을 먹은 인플루언서였다. 불특정 다수로부터 많은 주목을 받는 만큼, 나와 연관되어 있는 사람이 같이 피해를 볼 가능성은 충분했다. 아차, 싶었지만 이미 늦은 뒤였다. 상황은 정말 하민영이 말한 대로 흘러갔다. 결국 나는 사과를 하기 위해서 김주언의 반을 찾아갔다. 김주언은 어쩔 수 없지 않겠느냐고, 괜찮다고 했다. 그건 꼭 옛날 모습 그대로였다. 항상 자신감 있고, 여유 있어서 누구에게도 날카롭지 않은 모습. 그 모습이 너무 반가워서 나는 불쑥 핸드폰 번호를 물었다. 머릿속에서 '야! 그렇게 대놓고 번호를 물어보면 소문에 불붙이는 거지!' 하고 소리치는 하민영의 목소리가 들리는 것 같았다.

'……그래도 반가운 걸 어떡해.'

오후에 있었던 일을 다시 곱씹어 봐도 나는 똑같이 행동했을 것 같다.

"아니, 설명을 하랬더니 뭘 또 생각에 빠져 있어?"

하민영이 식탁을 탕탕 쳤다. 애들이 주문한 치킨이 조금 들썩거렸다.

라온 오빠가 내 접시에 다리를 하나 놔 줬다.

"일단 먹으면서 자세하게 썰 좀 풀어 봐."

"아 형, 사람은 다섯 명, 치킨 다리는 네 갠데 불쑥 이안한테 다리를 주는 건 합의가 필요하다고 봅니다."

"맞아요, 형. 저희 둘은 운동하니까 다리 양보 못 해요."

김정인과 김우영이 불쑥 끼어들었다. 라온 오빠는 걔들의 말에는 조금도 신경 쓰지 않고, 내가 이야기를 시작하기를 기다렸다.

♡ 💬 ✈

열세 살은 '비참하다'라는 걸 깨달을 만한 나이는 아니다. '인생이 씨발 같군.'이라고 생각할 만한 나이도 아니다. 인생에 대한 그런 어두운 생각들은 중2병이 시작된 교복 입은 청소년들이나 삶에 여러 번 배반당한 어르신들에게 어울린다. 그런데도 나는 내가 비참하다고 생각했고, 내 인생은 욕설로밖에 표현할 길이 없다고 생각했다. 친구는 4학년 때부터 없었고, 괴롭힘은 5학년 때가 제일 심했다. 6학년 첫날을 맞이하는 기분은 말 그대로 참담했다. 아침에 눈을 뜨자마자 '학교 가기 싫다.'는 생각이 먼저 들었다. 아침 식사를 하면서 이미 수없이 했던 말을 꺼내 봤다.

"나, 진짜 전학 가면 안 돼?"

엄마는 대번에 고개를 저었다.

"어디를 가든 비슷해. 1년 남았으니까 버텨."

엄마는 내가 이걸 버텨 내지 못하면 앞으로의 인생을 버티지 못할 거라고 생각하는 것 같았다. "어디를 가든 비슷해."라는 건, 엄마가 한국에서 17년을 살면서 터득한 진리였을 것이다. 엄마는 록락◆을 접시에 퍼 주면서 내 얼굴을 유심히 바라보더니, 선크림을 잔뜩 퍼 바른 것을 지

◆ 캄보디아식 고기볶음 요리.

적했다.

"얼굴 하얗게 하고 다니는 거 언제까지 할래? 그것만 안 해도 학교 다니는 게 훨씬 편할 텐데."

엄마는 스물두 살에 한국에 왔으니, 한국 초등학생이 얼마나 유치한지 모른다. 엄마가 겪은 차별은 아마도 어린 아이들의 놀림보다는 좀 더 교묘하고 비유적이었을 것이다. 나는 엄마의 수모를 종종 간접적으로 경험하곤 했다.

"어머, 정말요?"

대개는 믿을 수 없다는 표정과 의심스러운 말투로 시작되었다. 엄마가 수익이 좋은 식당을 네 개나 굴리고 있는 남자의 아내라는 것을 안 순간에 나오는 반응이었고, 우리 부모님의 결혼이 아르바이트생과 사장님의 연애결혼이었다는 걸 알았을 때에 나오는 반응이었다. 또, 캄보디아에 있는 엄마의 친정이 그 나라의 부유층에 속한다는 것과 엄마가 한국에 온 이유는 한국 대학교에서 공부하기 위해서였다는 히스토리를 알았을 때, 엄마가 고용된 가정부가 아니라 이 집의 안주인, 사모님이라는 걸 알았을 때 반사적으로 이런 반응들이 나왔다. 도무지 믿기지 않는다는 그 표정이 지나가고, 기분 나쁜 듯이 상대의 입술이 꽉 다물리는 것을 볼 때 엄마는 자포자기 덤덤한 미소를 지었다.

"학교에서 똑 부러지게 굴어. 사람들이 무시 못 하게."

엄마는 그렇게 말하면서 내 얼굴을 손으로 한번 문질렀다. 엄마는 어른일 때 한국에 왔으니, 유난히 까만 피부와 주근깨를 대놓고 웃음거리로 삼는 그 유치찬란한 조롱이 얼마나 기분 나쁜지는 겪어 보지 않았을 터였다. 그래서 차라리 이상한 화장을 한다고 놀림 받는 게 아주 약간 낫다는 마음이 이해가 되지 않는 것이었다.

"애들은 내가 다르게 생긴 걸로 날 무시해. 차라리 이편이 나아. 게다가 좋은 점도 있어. 하얗게 둥둥 뜬 얼굴이 자연스럽게 보이는 법을 연구하느라 내 기술도 점점 늘고 있거든."

그건 사실이었다. 짙은 눈썹을 다듬고, 눈매를 좀 더 얌전하게 만들고, 과하리만치 겹이 진 쌍꺼풀을 좀 죽여 놓고, 둥둥 뜬 얼굴이 기괴해 보이지 않도록 적절한 색의 립을 입술에 살짝 얹어 보고, 큰 입술의 윤곽이 너무 도드라지지 않도록 매만져 보기도 하면서 내 손재주는 점점 늘고 있었다. 확실히 처음 이 짓을 할 때보다는 훨씬 덜 괴상해 보였다. 그러나 엄마는 한숨을 푹 쉬었다. 더 말해 봐야

싸움밖에 되지 않고, 서로의 마음에 상처만 남기게 된다는 걸 여러 번의 경험을 통해 알고 있었기 때문에 나도 그냥 입을 다물었다.

'제발 무난한 애들이랑 같은 반이길.'

그게 그 순간에 할 수 있는 유일한 거였다. 기도와 염원 그 어디쯤 말이다. 그리고 나는 6학년 등교 첫날에 김주언을 알게 되었다. 아니, 애가 워낙 유명했기 때문에 아는 건 진작부터였지만 그 애를 '직접' 알게 된 것은 처음이었다. 김주언은 소문 그대로의 아이였다.

멋있고, 운동도 잘하고, 공부도 잘하고, 집도 잘산다. 그런데 착하기까지 하다. 이게 김주언에 대한 평가였다. 꼭 종합 선물 세트 같은 아이였다. 사실 나는 실제로 김주언을 대하기 전까지는 분명 과장된 소문일 거라고 생각했다. 보기 좋은 떡이 먹기도 좋다고, 겉이 번지르르하니까 다른 좋은 환상들까지 따라붙었으리라는 게 나의 지론이었다. 내게 각종 안 좋은 이야기들이 따라붙는 것처럼 말이다. 김주언의 꼬리표 중에서도 가장 믿을 수 없었던 건 "착하기까지 하다."는 거였다. 난 거기에 굉장한 불신이 있었다.

'다 가졌는데 착하다고? 그런 건 드라마에도 없어.'

그러나 김주언은 그런 애였다.

김주언은 왜인지 나에게까지 상냥했다. '착함'의 평균치 이상의 상냥함으로 나를 대했다. 교실의 그 누구도 내게 먼저 살갑게 인사를 건네지 않았지만(아, 놀리려고 인사를 할 때는 예외다) 김주언은 항상 먼저 차분하게 웃으면서 "안녕!" 하고 인사했다. 짝 활동이 있어서 난감할 때는 그 애가 먼저 내 짝이 되기를 자처했다. 애들이 못된 말로 신경을 건드리려고 하면 김주언이 불쑥 끼어들어서 은근하게 분위기를 바꾸고 유머러스하게 그 행동을 지적했다. 학교에서 제일 인기가 많은 애가 그렇게 행동하자 반 애들은 내게 특별히 못되게 굴지 않았다.

사실, 김주언이 한 일은 그렇게 대단한 것들은 아니었다. 그 애는 그냥 조금 더 인간적으로 행동했을 뿐이다. 그 덕에 나는 평화를 얻었다. 초등학교 4학년 이후로 처음 맞보는 평화였다. 물론, 완벽하지는 않았다.

정소라. 그 애는 일찍부터 일진 놀이에 심취한 소녀였고, 김주언을 좋아했다(쉬는 시간마다 반 애들이 떠드는 소리를 듣다 보면 저절로 알게 되는 게 있었다). 정소라는 김주언을 좋아하면서도 김주언과 묘한 소문이 도는 한선아와 친하게 지냈다. 둘을 밀어주는 것처럼 행동했지만, 뒤에서는 은근히 훼방을 놓고 있다는 걸 나는 알고 있었다. 중요한 건 정소라가 김주언의 안중에 들지 못하는 그 속상함을 나에게 풀었다는 것이다. 한선아와 붙어 볼 자신은 없고, 왜인지 김주언은 나한테 상냥하게 굴고 하니까 본인의 성질을 풀기에는 내가 딱 좋은 대상이었던 모양이다.

그 애는 교실에서 오가는 대부분의 이야기에 나를 끌어들였다. "야, 너 오늘 얼굴 상태 도깨비 같아. 존나 웃겨.", "그거 진짜 촌스럽다. 도깨비 줘라. 그런 거 소화할 사람 도깨비뿐이다.", "응, 니 여친 도깨비.", "늦게 앉는 사람 도깨비 남친." 뭐 그런 식으로 수위가 얕은 게 이 정도였고, 더 심한 행동도 많이 했다. 친구한테 물건을 던져 주는 척하면서 내 머리통을 맞춘다든지(그래 놓고 "미안. 네 머리가 존나 커서 어쩔 수 없었다."라고 비아냥댔다), 자기가 와서 어깨를 부딪혀 놓고 욕설을 퍼부으면서 센 척한다든지, 숙제를 도와 달라고 하면서 내가 하도록 한다든지, 몰래 내 사진을 찍고 웃기게 나온 걸 반 애들한테 공유한다든지 했다. 꼭 김주언이 없을 때만 그런 행동을 해서 속으로 '쟤도 참 힘

들게 산다.'고 내심 한심하게 생각했었다.

결국 2학기가 시작할 즈음, 정소라는 최악 중의 최악에 해당하는 사건을 일으켰다. 피해자는 역시 나였다.

정소라는 그날 아침 교실에 들어올 때 이미 짜증이 가득한 얼굴이었다. 일부러 우당탕퉁탕 소리를 내면서 자리에 앉고, 바로 책상에 엎드리는 것까지 아주 완벽했다. 그 애의 친구들이 우르르 모여들어 무슨 일이냐며 의미 없는 위로를 건넸다.

'아침부터 지랄이 풍년이네. 분명히 나한테 또 시비 걸 텐데 이따 보건실에서 좀 삐져야겠다.'

더럽기도 하고, 무섭기도 한 똥을 피하기 위해서 아침부터 아픈 척을 좀 했다. 관심을 가져 주는 사람은 선생님과 김주언뿐이었지만(김주언이 "너 컨디션 안 좋아 보인다. 어디 아파?"라고 말했을 때, 정소라가 책상을 쾅 치면서 한숨을 쉰 건 아마도 우연이 아니었을 것이다) 어쨌건 1교시가 끝나기 전에 보건실로 미리 피신할 수 있었다.

'정소라도 오는 길에 소식을 들었구만. 그래서 발작 버튼이 눌린 거지, 뭐.'

짐작 가는 바가 있었다. 내가 등교를 했을 때는 이미 반 애들 몇 명이 와 있었고, 김주언과 한선아도 있었다. 애들은 그 둘을 둘러싸고 요란을 떨었다.

"둘이 사귄다고?!"

"와, 씨, 누가 먼저 고백했어?"

"우리 반 공식 1호 커플 아니야?"

조용히 자리에 앉으면서 그 얘기를 들었다. 그 순간의 기분이 어땠더라. 난생처음 느껴 보는 이상한 기분이었다. '어쩔 수 없음'과 '그래도 싫음'의 길 한가운데 서 있는 듯한 감각이었다. 나는 한참이 지난 후에야 '씁쓸하다'는 단어를 생각해 냈다. 그렇게 이름을 붙이고 나서도 딱히 납득은 가지 않았다.

'왜 씁쓸하지? 김주언과 내가 사귀는 장면은 상상조차 해 본 적이 없는데.'

맹세컨대 나는 한 번도 김주언과의 관계를 기대한 적이 없었다. 그 애의 상냥함은 고맙고 따뜻한 것이었지만 범접하기 쉬운 종류의 것은 아니었다. 상냥함에도 거리가 있었다. 그러나 그런 게 느껴지지 않았더라도 나는 그 애를 욕심내지 않았을 것이다. 같은 시간과 공간을 공유하고 있어도 존재의 의미가 달랐다. 그 애는 나에게 영향을 끼칠 수 있었지만, 나는 그 애에게 아무런 영향을 끼칠 수 없었다. 어떤 의미로든 김주언은 내게 특별할 수밖에 없었고, 김주언에게 나는 어떤 의미로도 특별하지 않았다.

'김주언하고 한선아하고 사귄다고?'

씁쓸함을 곱씹을 때에 정소라가 등교를 했던 것이다. 그 덕에 내 오묘한 감정은 자취를 감췄다.

교실로 다시 돌아간 건 2교시가 시작할 즈음이었다. 자리에 앉으면서 힐긋, 정소라를 살폈다. 눈가가 벌건 걸 보니 좀 울었던 모양이다. 나는 쉬는 시간 종이 울리자마자 화장실로 갔다. 다음 쉬는 시간에는 도서관으로, 그다음에는 또 화장실로. 그렇게 급식까지 먹고 마지막 수업이 끝났다. 선생님은 회의가 있어서 바쁘니까 청소 당번들이 알아서 청소하고 집으로 가라고 하고, 급히 교실을 나갔다. 안타깝게도 내가 그 청소 당번이었다. 온종일 피해 다닌 노력이 물거품이 되는 순간이었다.

"너 오늘 많이 바쁘더라?"

내가 일부러 자기를 피해 다닌 걸 알았는지 정소라는 잔뜩 약이 올라 있었다. 어쩌면 내 선택이 오히려 실수였던 걸지도 모른다. 내 행동에 티가 났다면 거기에 더 자극을 받았을 수 있다.

'그냥 평소처럼 가만히 있을 걸 그랬나?'

살짝 후회가 찾아오려는 순간, 머리채가 휘어잡혔다. 악, 소리를 지르면서 정소라가 당기는 대로 끌려갔다. 아직 교실을 나가지 않은 몇몇 애들이 놀란 눈으로 내 쪽을 쳐다봤다.

"네가 뭔데 사람 기분을 엿같이 만들어."

아니, 내가 뭘 했다고. 나도 확 열이 받아서 머리채를 잡은 정소라의 손을 움켜잡았다(같이 머리채를 잡았어야 했는데, 애석하게도 신장 차이가 많이 나서 머리까지 손이 닿지 않았다). 손톱으로 그 애의 손을 긁자, 그 애도 아! 소리를 치면서 나를 칠판으로 밀었다. 왜소한 체격 탓에 몸은 쉽게 밀렸고, 칠판에 부딪힌 충격이 꽤 컸다. 정소라는 멈추지 않고 내 얼굴에 뭘 퍼 발랐다. 텁텁하고 탁한 무언가로 얼굴이 범벅이 됐다. 눈과 코가 매웠고 입이 썼다. 내가 기침을 터트리는 와중에도 정소라는 멈추지 않고 정체불명의 가루를 얼굴에 문질렀다. 그 과정에서 손톱이 내 얼굴을 사정없이 긁어 놓고 있었다. 얼굴도, 눈도, 코도, 목도 아파서 눈물이 찔끔 나올 즈음, 불쑥 끼어든 강한 힘이 나와 정소라를 분리시켰다.

"정소라 너 미쳤냐?!"

김주언이었다. 이 난장판을 말릴 누군가가 왔다는 사실에 마음이 놓였는지, 기침과 눈물이 한꺼번에 쏟아졌다. 내가 죽을 듯이 기침을 하니까 김주언이 등을 살살 두드렸다.

"이게 뭐 하는 짓이야? 얘한테 뭘 먹인 거야?"

"분필 가루 좀 묻은 걸 갖고 왜 그래? 그리고 먹인 거 아니야! 그냥 입에 들어간 거지…….."

담임 선생님이 교실을 나가고, 바로 한선아와 함께 밖으로 나간 김주언이 다시 교실로 돌아올 줄은 몰랐는지 정소라는 몹시 당황한 목소리였다.

'분필 가루라고?'

당장 얼굴에 침을 뱉어 주고 싶었다. 얼굴 전체가 따끔거리고 쓰라렸다. 긁힌 상처에 분필 가루가 빽빽하게 들어찬 것 같았다. 김주언이 가방에서 물통을 꺼내, 내 얼굴 위로 물을 살살 흘려 주었다. 그사이, 정소라는 점점 분한 마음이 들었던지 김주언에게도 성질을 부렸다.

"근데 어이가 없네. 야, 너는 왜 니 일도 아닌데 끼어들

어? 최유안이 먼저 사람을 대놓고 피해 다니면서 열받게
했거든?"

"네가 평소에 얼마나 개같이 굴었으면 피해 다녔겠냐.
그리고 분필 가루로 괴롭혀 보겠다는 생각은 대체 어떻게
해야 할 수 있는 건데?"

"쟤 맨날 얼굴 하얗게 칠하고 다니잖아. 더 하얘지라고
발라 준 거다, 왜?"

"야. 너 적당히 해, 진짜."

김주언의 목소리가 몹시 낮게 깔렸다. 김주언은 친구들
과 싸우는 일이 없고, 학교에서는 대부분 웃는 낯이었다.
그런 애가 더 이상 못 들어 주겠다는 태도로 나오자 정소
라는 슬그머니 기가 죽는 것 같았다. 김주언을 좋아하고
있어서 고약한 성질머리가 좀 더 빨리 수그러든 것인지도
모른다.

김주언은 내 가방까지 챙겨서 나를 데리고 나왔다. 교
실 문에 몰려들어서 사태를 구경하고 있던 애들이 웅성거
리면서 비켜났다. 김주언은 보건실로 가자고 했지만 나는
그냥 집에 가서 약을 바르겠다고 했다.

김주언이 답답한 표정으로 나를 물끄러미 쳐다봤다. 그

시선이 불편해서 허둥지둥 말할 거리를 찾았다.

"너 아까 종례 끝나자마자 나갔잖아……. 교실에는 왜 다시 들어왔어?"

"어떤 애가 그러더라고. 정소라가 너 쥐 잡듯이 잡고 있다고. 그 말 듣고 나니까 아무래도 그냥 가기가 괜히 찝찝해서."

보통의 아이라면 재미 삼아 구경을 왔거나 그냥 별생각 없이 가던 길을 갔을 것이다. 김주언은 차마 그러지 못하는 성격의 사람인 모양이었다. 지금까지 나에게 잘 대해 준 것만 봐도 그렇다.

"저기…… 그…… 한선아는?"

"어차피 이따 학원 가기 전에 만나기로 해서 먼저 가라고 했어."

나 때문에 갓 탄생한 커플이 따로 하교를 하게 된 건가? 미안하다고 사과를 해야 하나? 근데 그건 또 오버하는 것 같은데……. 여러 가지 고민이 머리를 스치는 중이었다. 김주언이 갑자기 조심스러운 투로 물었다.

"있잖아, 네가 평소에 바르고 다니는 선크림……. 그거 다른 걸로 바꿔 보면 어때?"

"어?"

"애들이 널 자꾸 도깨비라고 부르고, 유별나다고 뭐라고 하잖아. 그냥 네 피부에 맞춰서 바르는 게 낫지 않을까? 이런 일이 또 생기지 않는다고 장담할 순 없잖아."

걱정하는 것 같기도 하고, 답답해하는 것 같기도 한 어조였다. 대꾸할 말이 바로 떠오르지 않아서 나는 잠깐 묵묵히 걸었다. 김주언도 민망했는지 별말을 하지 않고 걷기만 했다. 갈림길이 나올 즈음, 할 말을 정리할 수 있었다.

"저기…… 알고 있겠지만 나는 동남아시아 혼혈이고, 내 피부는 눈에 띌 정도로 까매."

일부러 김주언의 눈을 똑바로 쳐다봤다. 학교에 있는 동안 열심히 덧바른 하얀 선크림은 물로 분필 가루를 씻어 내면서 많이 지워졌다. 이국적인 이목구비와 피부색이 온전하게 드러나 보일 것이었다.

"이걸로 애들이 엄청 놀렸었어. 도깨비보다 더 듣기 싫은 게 피부색 가지고 놀리는 거라서 하얘지는 선크림을 바르고 다녔던 거야. 걱정해 줘서 고마운데……. 음…… 내 일이니까 내가 알아서 할게."

내 일에 상관하지 말라는 뜻이 아니라, 나에게 더 신경 쓰지 않아도 괜찮다는 뜻이었는데 입 밖으로 나온 말은 괜히 차갑게 들렸다. 마음이 상했을까 봐 슬쩍 그 애의 눈치를 보았다. 그런데 김주언이 말했다.

"지금이 훨씬 보기 좋은데?"

김주언은 내 얼굴을 유심히 바라봤다.

"내일부터는 백탁 없는 선크림 바르고 와 봐. 혹시 너 피부나 외모로 놀리는 애 있으면 내가 꼭 네 편 들어 줄게."

그 애는 자신 있게 약속하면서 손을 흔들었다. 나는 좀 멍청한 표정으로 그 애를 보고 있었던 것 같다. 김주언이 씩 웃으면서 한마디 덧붙였다.

"진짜야. 내가 오늘 한 말 다 진짜니까 그렇게 기대 없는 표정 좀 하지 말고."

그러고는 다시 한 번 더 크게 손을 흔들었다. 나도 얼떨결에 마주 흔들며 "잘 가." 인사를 했다. 혼자 집으로 가는 15분 남짓 동안, 김주언의 말을 열 번도 넘게 떠올렸다.

'네 편 들어 줄게.'

그 말이 너무 벅차서 자주 걸음을 멈추었다. 김주언의 영향이 삶을 침투해 들어오고 있었다.

♡ ♢ ◁

　애들은 이 감동적인 이야기를 듣고도 심드렁한 표정이었다. 특히 하민영은 지루해 보이기까지 했다. 먼저 물어 봐 놓고 그 태도는 뭐냐고 항의하자 그제야 조금 자세를 바로 했다.

　"아니, 말이 되는 얘기를 해야 성심껏 들어 주지. 네가 말한 추억 속의 초딩은 절대 한국 초등학생의 바이브가 아니란 말이야. 더구나 그렇게 완벽한 새싹이 어떻게 급식실에서의 그 어두운 흉터 소년이 되냐고."

　하민영이 피식피식 비웃듯이 말하자, 옆에서 김정인과 김우영이 맞장구를 쳤다. 둘의 앞에는 닭 뼈가 잔뜩 쌓여 있었다.

　"하민영 말에 동감. 최유안 기억에 오류가 있는 게 분명해. 아니면 5년 만에 사람이 완전히 달라졌다는 건데, 그것보다는 인간의 불완전한 뇌가 기억의 오류를 일으켰다는 게 더 설득력이 있지."

　하민영이 고개를 끄덕이면서 또 입을 열었다.

　"아, 그리고 그 정소라인가 하는 애는 진짜 기가 막히게 나쁜 년이다. 걔 지금 페북이나 인스타로 찾으면 나올 텐데 찾아볼까?"

나는 바로 고개를 저었다. 떠올리고 싶었던 건 김주언과 관계된 것까지였다. 좋지도 않은 기억을 굳이 더 파헤치고 싶지는 않았다. 더구나 그 애가 지금 어떻게 지내는지 궁금하지도 않고, 알아봐야 좋을 것도 없었다. 말 그대로 내게는 이미 지난 일에 불과했다. 그보다 나는 애들이 옛날의 김주언을 믿지 않는 게 화가 났다.

"아니, 김주언 정말로 장난 아니었다니까? 걔 유소년 축구단에서도 날리는 애였어."

"네에, 잘 알겠습니다아."

"아! 하민영, 진짜라니까? 나도 원래 지금처럼 밝고 기운 넘치는 애가 아니었고, 김주언도 지금이랑 분위기가 달랐어. 그리고 지금 김주언이 뭐 어때서?"

초등학생 때처럼 빛나는 느낌은 아니더라도 김주언은 김주언이었다. 교실에서 얘기를 나눴을 때, 그 애는 여전히 옛날처럼 따뜻한 마음을 가지고 있었다. 얼굴의 흉터와 조금 어두워진 듯한 분위기로 봐서는 5년 사이에 무슨 일을 겪었던 모양이지만 사람은 원래 이 일 저 일 겪으면서 조금 가라앉기도 하고, 성장하기도 하는 거 아닌가. 옛날의 내가 김주언의 영향으로 성장해 온 것처럼!

억울해서 가슴을 쾅쾅 치는데 조용히 있던 라온 오빠가 부드럽게 말했다.

"그래서 그 뒤에는 어떻게 됐는데?"

"네?"

"네 편 들어 줄게. 그 뒤에 어떻게 됐냐고. 난 재밌어, 이 얘기. 꼭 청춘 드라마 보는 것 같아."

그렇다고 이게 실실 웃으면서 들을 수 있는 그런 밝은 얘기는 또 아니거든요, 라고 말하려다가 참았다. 나는 조금 남은 이야기를 더 풀었다.

♡ 🗩 ⟁

나는 한참을 고민하다가 김주언의 조언대로 해 보기로 했다. 그러나 당장은 아니었다. 맨얼굴로 거울 앞에 서니, 너무 어색해서 불안했고 전날에 정소라가 긁어 놓은 자국이 선명해서 보기에 좋지 않았다. 김주언이 이 상태를 보고도 훨씬 낫다고 한 게 이상할 정도였다. 김주언의 권유

대로 하얀 선크림을 바르지 않고 등교한 건, 2주 정도가 지난 뒤였다.

그날, 나는 살짝 피부 톤을 밝혀 주는 정도의 효과가 있는 엄마의 선크림을 발랐다. 너무너무 이상했지만 확실히 편하긴 했다. 하얘지는 선크림을 바를 때는 늘 눈썹에도 옅은 갈색 마스카라를 칠하곤 했는데(얼굴은 하얗게 뜨는데, 눈썹 색이 너무 진한 검은색이라서 어쩔 수 없었다) 그날은 눈썹의 결을 따라서 브러시로 살짝 빗어 주기만 했다. 입술도 엄마의 립 중에서 누디하지만 코랄색이 한 방울 정도 첨가된 것을 발랐다.

'안녕, 최유안.'

거울에 비친 내가 어색하게 웃었다. 누가 보아도 한국 사람이라기보다는 동남아시아 계열의 여자애로 보였다. 이목구비가 큼직큼직하고, 모든 색이 다 짙어서 너무 이질적이었다.

'가 보자.'

긴장감 때문에 등굣길이 편치 않았다. 당장이라도 누가 '깐따삐야 부족이다!'라고 소리칠 것 같았다. 교실 앞까지 도착해서도 바로 들어가지 못하고, 괜히 계단을 내려갔다가 다시 올라오고를 몇 번 반복했다. 간신히 교실 문을 열고 들어갔을 때, 애들은 나를 바로 알아보지 못했다가 곧 "엥?" 하고 이상한 소리를 냈다. 모른 척 자리에 앉는데 누군가가 내 책상을 손가락으로 톡톡 두드렸다. 김주언이었다.

"거봐, 훨씬 보기 좋잖아."

김주언은 아예 대놓고 몇 번이나 칭찬을 거듭했다. 역시 자기 말대로 하기를 잘하지 않았느냐며 너스레를 떨기도 했다. 그 애가 먼저 나서서 칭찬하면서 다른 애들한테도 "최유안 오늘 훨씬 낫지?" 하고 묻자, 김주언과 친한 애들 몇이 동조를 했다. 특히 한선아가 맑게 웃으면서 맞장구를 쳤다.

"유안아, 선크림 안 바르니까 훨씬 편하고 예뻐 보인다."

반에서 제일…… 아니, 우리 학교에서 제일 인기가 많은 두 사람이 나를 두둔하고 나서자, 더는 피부색을 가지고 놀리는 애가 없었다. 아, 정소라는 비웃듯이 픽 웃거나 여전히 틱틱거리긴 했다. 다만 지난번에 김주언이 자기한테 화를 냈던 게 퍽 충격적이었는지 크게 못되게 굴지는 못했다. 내 학교생활은 훨씬 편해졌다. 이대로라면 어떻게든 졸업할 때까지 버티겠구나,라고 생각했고 정말로 잘 버텨 냈다. 졸업할 때까지 김주언은 자신의 말대로 내 편이 되어 줬다. 유난 떨지 않으면서도 늘 나를 챙겼다. 그 애와 나의 관계는 겉으로 보기에 크게 달라진 점이 없었지만, 마음속으로는 서로를 전보다 더 친밀하게 느낀다는 걸 알았다.

초등학교를 졸업할 무렵에 아빠가 춘천에 본점보다 큰 100평짜리 가게를 오픈하게 되었다. 우리 가족은 서울을 떠났다. 나쁜 추억만 쌓인 그 도시를 벗어나면서 단 한 가지 아쉬웠던 건 김주언이었다. 나는 졸업과 동시에 김주언이 나를 잊을 걸 알았다. 그래도 한 도시에 있다 보면 언젠가 다시 스치듯이 만날 수 있을 거라고, 그러면 김주언도 나를 떠올릴 수 있을 거라고 작은 기대를 품었었다. 서울을 떠나면서 그 소박한 기대가 사그라들었다.

'괜찮아. 그래도 새롭게 시작할 수 있는 기회를 얻은 거잖아.'

춘천은 나의 과거를 모른다. 하얀 선크림을 치덕치덕 바르고 다녀야만 했던 최유안을 모른다. 나는 그 위안으로 허전한 마음을 채웠다.

♡ ♢ ◁

"저는 6점 드리겠습니다."

이야기를 마치자 김정인이 냅킨에 숫자 6을 써서 얼굴에 대고 흔들었다.

"감동도 있고, 교훈도 있고, 악역도 있고, 스토리도 짱짱하긴 한데…… 조금 진부하네요. 허구성도 감점 요인이고요. 우영 씨는 어땠나요?"

"저도 마찬가진데요, 그래도 저는 이안 씨의 순정을 생각해서 1점 더 드리겠습니다. 총 7점!"

어린 시절의 소중한 이야기를 청춘 소설 정도로 치부하는 모습에 이가 으득 갈렸다. 그래도 라온 오빠는 차분한 미소를 잃지 않고 고개를 끄덕여 줬다. 역시 한 살이 더 많아서 그런지 조금 더 성숙한 면이 있다. 오빠는 언젠가 네 친구랑 같이 밥이라도 먹자고 제안도 해 줬다. 다른 애들도 좋다고 했다. 직접 만나서 이야기를 나눠 보면 그 흉터 소년이 정말 내 말대로 그토록 빛나던 초딩이 맞는지 알 수 있을 거라고.

"걔가 정말 그렇게 훌륭한 애라면 우리도 친구로 알고

지내면 좋지."

하민영의 말을 듣고 보니 정말 좋을 것 같았다. 초등학생 때는 김주언과 한 무리에서 어울리고, 떠들고 하지 못했다. 그건 김주언이 내게 친근하게 대해 주는 것과는 별개의 일이었다. 그때 못 했던 걸 지금은 할 수 있을지 모른다! 갑자기 가슴이 벅차오르기 시작했다. 김정인과 김우영을 쳐다봤다. 그 애들도 어깨를 으쓱하면서 고개를 끄덕였다. 라온 오빠는 하하, 하고 낮게 웃었다.

"음…… 밥 한번 먹는다고 다 친구 되는 건 아니지."

농담 같으면서도 묘하게 차가운 말이었다.

"네?"

"밥도 먹고 괜찮으면 어울려서 놀고, 그러다 보면 친구 되는 거지, 뭐."

살짝 피해 가는 느낌이 들었는데, 오빠가 다정하게 어깨를 두드려 주었다. 그 타이밍에 김우영이 추가로 시킨 치즈볼과 윙이 나왔다. 두 번째 먹부림이 시작되었다. 나는 그 틈에 김주언에게 카톡을 보냈다.

💬 혹시 괜찮으면 토요일에 밥 먹을래?

천방지축인 내 친구들이랑 친해지기 전에 먼저 나랑 더 가까워질 필요가 있었다. 또 지난 5년의 시간 동안 어떻게 지냈는지도 궁금했다.

💬 미안해서 그래. 밥이라도 사야 내 마음이 좀 편하겠어.

5분이 지났는데도 메시지를 확인하지 않는다. 카톡이라서 그런가? 인스타 아이디를 찾아볼까? 아니, 그보다는 혹시 나랑 어울리는 게 아무래도 좀 껄끄러운 건 아닐까? 예전에도 한번 친구랑 돌아다니다가 사진 찍힌 적이 있는데, 하필이면 한창 방송을 타고 있던 때라서 사진이 바로 페북에 올라갔다. 그때 내 친구는 생각 없이 댓글을 올리는 인간들에게 외모 평가를 당해야 했다. 나랑 같이 사진에 찍혔다는 이유만으로. 결국 그 애는 "너랑 다니기 좀 부담스러워."라면서 나를 밀어냈다. 너무 속상해서 반나절을 울었지만, 그 애의 마음은 충분히 이해할 수 있었다. 혹시 김주언도 그런 건 아닐까?

💬 아, 나랑 어울리면 더 피해 보려나. ㅠㅠ

소심하게 덧붙였다. 마음이 편치 않았다. 인기를 통해 누리는 것들에 비하면 별거 아닌 고충이기는 했지만 속상한 건 어쩔 수 없었다. 쉽게 사라지지 않는 1을 가만히 보다가 카톡을 나왔다. 핸드폰을 테이블 위에 엎어 두는데, 갑자기 라온 오빠가 불쑥 내 폰을 가져갔다.

"이걸로 하자."

"어?"

"뭐야, 못 들었어? 지금 인스타 라방 켤 거야."

김주언에게 카톡을 보내는 중에 자기들끼리 라방을 하자는 얘길 했나 보다.

"왜 제 걸로 켜요?"

"네가 제일 인기 많잖아. 시청자 수가 많아야 방송할 맛이 나지."

오빠가 당연하다는 듯이 말했다. 딱히 거절할 명분이 없어서 그냥 고개를 끄덕였다.

"저는 안 나오게 해 줘요."

하민영이 슬쩍 구석으로 몸을 옮겼다. 아이돌 연습생이

라 남자애들이랑 노는 게 자주 노출되면 좋을 게 없었다.

"야, 너 꽁꽁 가려서 괜찮아."

김정인의 말대로 하민영은 두꺼운 뿔테 안경에 후드를 뒤집어쓰고, 그 위에 또 모자를 쓰고, 얼굴에 점도 세 개나 그려서 나왔기 때문에 어지간해서는 몰라볼 것 같았다. 다만 우리 다섯이 친한 게 이미 SNS에 공개가 되었기 때문에 다들 하민영이구나 생각할 거였다.

"아 그래도 불안하단 말이야."

"너 완전 오바야 그거. 네 팔로어 고작 5만 명인데 뭘 그렇게 몸을 사리냐. 길가 나가 봐라. 다 이안 알아보지, 널 알아보나."

김정인이 말을 좀 세게 했다. 하민영이 포크를 탁 내려 놓으면서 입술을 삐죽거렸다. 작아서 잘 안 들렸지만 욕도 한 것 같았다. 아, 이럴 때가 제일 곤란했다. 가끔 이렇게 누구랑 비교를 하는 사람들이 있었다.

"에이, 그냥 하지 마. 우리끼리 노는데 무슨 방송이야."

라온 오빠 손에서 다시 핸드폰을 빼앗아 오려고 했다. 그러나 오빠가 쉽게 내어 주질 않았다.

"이럴 때 방송하는 게 맞지. 너랑 같이 라이브하거나 사진 올리고 나면 팔로어 수가 좀 늘거든."

오빠는 기분이 나쁠 수도 있는 말을 너무 자연스럽게 하는 경향이 있었다. 근데 또 이렇게 솔직하게 말해 버리니까 오히려 화를 낼 수가 없었다. 하민영이 한숨을 푹 쉬더니, 그럼 김우영이랑 자리를 바꾸겠다고 했다. 남자애들 옆보다는 내 옆에 앉아 있는 게 상대적으로 덜 논란이 되고, 덜 욕먹을 것 같다는 이유에서였다. 김우영은 순순히 자리를 바꾸어 줬지만, 아까 김정인처럼 "너 논란될 정도로 유명하지 않다니까?" 하고 기어코 덧붙였다. 다들 한번씩 거울로 얼굴 상태도 점검하고 나서 내가 라이브를 켰다. 아니, 켜려고 했다. 이번에는 갑자기 김정인이 "잠깐!"을 외쳤다.

"아, 왜 또?"

"사장님!"

아니 왜 애꿎은 가게 사장님을 부르냔 말이다. 천연덕스럽게 웃는 게 영 불안했다. 아니나 다를까, 김정인은 인상 좋은 사장님에게 대뜸 나를 들먹였다.

"사장님, 얘 알죠?"

사장님은 내가 이 애를 어디서 본 적이 있나, 가늠하

116

듯이 나를 지그시 바라보다가 아, 하고 짧은 탄성을 내뱉었다.

"텔레비전에 나온 친구 아닌가?!"

"맞아요. 이안이라고, 요즘 10대한테 인기 짱이에요. 저희 여기서 방송할 건데, 혹시 서비스 하나만 주시면 안 될까요? 여기 가게 로고랑 이름 다 나오게 방송해 드릴게요. 가게 홍보 장난 아닐걸요? 원래는 이런 거 다 협찬이나 광고비 받고 해요."

저 돌대가리가.

얼굴이 화끈거려서 도저히 고개를 들 수 없었다. 내 얼굴과 이름을 팔아서 저렇게 당당하게 대가를 요구하다니. 그러나 그런 민망함과 상관없이 곧 어니언링과 치킨텐더 열 조각이 서비스로 나왔다. 내가 여러 번 손을 내저으며 괜찮다고 했지만, 사장님은 넉살 좋게 웃으면서 여기 맛있다고 말만 한번 해 달라고 당부했다. 김정인의 허벅지를 주먹으로 몇 번 쾅쾅 때렸지만, 운동을 하는 애라 그런지 전혀 아파 보이지가 않았다. 그사이 라온 오빠가 내 계정으로 방송을 켰다.

"오, 역시 이안이야. 켜자마자 사람들 쑥쑥 들어온다."

시청자 수는 100명, 200명, 300명으로 빠르게 늘었다. 15분이 지날 즈음에는 1,000명이 넘어갔다. 라온 오빠는 마치 사회를 보는 사람처럼 방송을 진행했고, 자기 팬들을 대하는 것처럼 내 팬들의 채팅을 읽었다.

"채팅에 어떤 분이 '이안 님 또 절친들이랑 있네.'라고 치셨는데, 네, 맞습니다. 이안이 또 저희랑 놀고 있어요."

오빠가 카메라 초점을 내 쪽에 맞췄다. 나는 방긋 웃으면서 화면에 손을 흔들었다.

- heha_one 이안이 프리한 모습도 예쁘다.

- simea22 언니, 저랑 결혼해요!

- hcwwh98 나도 이안이랑 치킨 먹고 싶다.

- nnno_sar 이안아, 립 정보 좀 알려 줘! 너무 예뻐.

팬들이 보내는 메시지로 채팅 창이 빠르게 올라갔다.

- ean_husband 이안 님, 남사친 너무 많은 거 아닌가? 오빠는 맘이 좀 그렇네요.

거슬리는 멘트도 있었지만 글자는 순식간에 위로 밀려 나서 사라졌고, 이런 건 어쩔 수 없는 부분이었다. 세상은 넓고 사람은 다양했다. 나를 향한 관심이 많아지는 만큼 이상한 사람들의 접근도 피할 수가 없었다. 어쨌건 나는 늘 그렇듯이 인플루언서 이안답게 굴었다.

늗 |

주언

💬 토요일 몇 시?

최유안에게 답장을 보내 놓고 하릴없이 인스타 피드를
돌아다니고 있었다. 갑자기 이안이 라이브 방송을 시작했
다는 알림이 왔다.

'아…… 이안 계정 팔로우해 놓고 있었지.'

괜히 시비나 걸 셈으로 해 둔 팔로우였다. 이안이 최유
안이란 걸 알았다면 팔로우는커녕, 그 어떤 댓글도 남기지
않았을 것이다. 지금이라도 팔로우를 취소하려고 손을 바

삐 움직였다.

그러나 문득 동경이 가득한 눈으로 나를 바라보던 어린 최유안의 모습이 떠올랐다. 지금도 여전히 그때와 같은 눈으로…… 아니, 훨씬 생기 넘치는 시선으로 나를 바라봐 줬다. MZ세대의 인플루언서 이안이 나를 그런 눈으로 바라봐 준다는 게 마음을 좀 들뜨게 했다.

'라방은 어떤 식으로 할까? 어릴 때는 애들 앞에서 말도 별로 안 했었는데……'

팬들이 빠르게 입장하고 있을 테니, 잠깐 들어가도 내 아이디가 눈에 띄는 일은 없을 것이었다. 만에 하나 아이디와 악플 모두 기억한다고 하더라도 그게 바로 '김주언'이라는 건 절대 짐작하지 못할 것이다.

방송에 입장하자 여러 사람이 보였다. 최유안과 그 애의 친구들이었다. 바쁘게 움직이는 채팅 창도 보였다. 방송은 최라온이 주도하고 있었다. 최유안은 밝은 표정과 목소리로 간간이 팬들과 소통했다. 옆에서는 하민영이 최유안의 어깨를 끌어안고 애교 섞인 말투로 종알거렸고, 김정인과 김우영은 뜬금없는 포즈로 근육을 자랑했다. 난장판도 이런 난장판이 없었다. 이상하게도 이안의 팬들은 그런 모습을 좋아했다. 5분도 지나지 않아서 방송을 나왔다. 가슴이 답답했다.

'괜히 들어갔네.'

밝고 행복한 것들. 나와는 다른 처지의 것들을 보면 나의 비극은 더욱 선명해졌다. 갑자기 오른쪽 다리가 좀 시큰거렸다. 가끔 이럴 때가 있다. 심해지면 강한 통증으로 이어지기도 한다. 의사는 수술도 재활도 잘되었고, 심한 통증으로 이어질 만한 요인은 없다고 단호하게 말했다. 내가 느끼는 고통은 진짜인데도 원인을 찾아낼 수는 없었다. 시큰거림은 점점 거세지다 20여 분이 지나고 나서야 사라졌다. 그러자 이번에는 화가 솟구쳤다. 이미 숱하게 퍼부었던 원망과 비관이 속을 들쑤셨다. 마음껏 악이라도 써 대고, 물건이라도 집어 던지고 싶었으나 이 비극을 함께 견디고 있는 부모님의 속을 더 찢어 놓고 싶지는 않았다. 감정을 풀어낼 곳이 필요했다. 인터넷 포털 사이트의 연예 기사를 뒤졌다. 고소를 당하지 않을 정도의 수위로 악플을 쓰면서 분을 풀었다. 추잡하고 더러운 쓰레기통 같은 속내를 그렇게 비워 냈다.

'주언아……. 너는 옛날이랑 똑같다.'

최유안이 했던 말을, 마음속에서 여러 번 짓이겼다. 내일모레, 토요일. 나는 최유안을 만날 수 있을까. 그날이야말로, 그 애는 내가 예전과 다르다는 걸 눈치챌 것이다. 밤이 깊었는데도 잠이 오지 않았다.

토요일 오전까지도 약속을 취소하는 게 좋을지 고민했으나 끝내 그렇게 하지 못하고 어영부영 나갈 준비를 했다. 우리는 프랜차이즈 베트남 음식점 앞에서 만났다.

마주하기 전까지는 서로가 기억 속 인물과 너무 다른 모습이 되어 있어서 분위기가 영 이상하지 않을까 걱정했는데 의외로 그렇게 나쁘지 않았다. 최유안은 그간의 시간을 차근차근 들려줬다. 춘천으로 전학 와서 친구들을 하나둘 사귀며 가슴이 설레던 이야기, 메이크업에 점차 재미를 붙이며 좌충우돌했던 이야기를 조곤조곤 늘어놓았다. 그 사이사이에 어릴 적의 김주언이 자기에게 잘 대해 줬던 기억들도 빠지지 않았다.

"너는 잘 모르겠지만, 나는 너한테 정말 고마웠어."

최유안은 꼭 강아지 같았다. 나는 별 의미 없이 한 행동인데 사소한 것까지 오래도록 기억하면서 고마워한다는 점에서. 가만 보니 생김새도 강아지 과였다. 굳이 종을 찾자면 갈색 코커스패니얼.

"너는 무슨 일이 있었어?"

최유안이 해물 쌀국수를 후루룩 먹으면서 물었다. 그 애는 덤덤하게 말했지만 나는 아직 그 사고에 대해서 무던하게 말하는 것이 어려웠다. 표정과 목소리를 너무 신경 쓰는 바람에 도리어 외운 말을 하는 것처럼 들렸다. 사고는 최대한 짧고 간결하게, 이후의 시간들에 대해서는 감정이 느껴지지 않도록 말하기 위해 신경을 기울였다. 사실 아침에 거울을 보면서 여유로운 표정을 짓는 연습까지 했다는 걸, 최유안은 짐작도 하지 못할 것이다.

얘기를 다 들은 최유안은 기어코 눈물을 글썽거렸다. 특히 평생 축구는 쳐다도 보지 못하게 되었다는 대목에서 안타까워했다. 누군가의 눈물 버튼을 누를 정도로 내 서사가 대단한 거였다니. 그건 그 나름대로 씁쓸했다.

"우리 산책 좀 하자."

코를 훌쩍이던 최유안은 분위기를 바꿔 볼 요량인지 다시 산뜻하게 말했다. 근처 대학교 캠퍼스는 좋은 산책로였다. 아이스크림을 하나씩 들고 캠퍼스를 걸었다. 최유안의 걸음은 유난히 느렸다. 내 다리를 의식해서일까. 괜히 신경이 쓰였다.

"너, 나랑 있었던 일 얼마나 기억나?"

장난스러움이 묻어나는 질문이었다.

'그렇게 물어볼 정도로 많은 일이 있었나…….'

하지만 나는 그냥 부드럽게 웃으며 말했다.

"솔직히 많이는 기억 안 나. 아마 사고 때 뇌세포도 많이 죽었나 봐."

"……농담 맞아? 나 웃어도 돼……?"

최유안이 웃는 것도, 우는 것도 아닌 이상한 표정을 지었다. 그게 퍽 웃겨서 꾸며 낸 게 아닌 진짜 웃음이 터졌다. 그 순간에는 조금 마음이 가벼워졌다. 최유안은 방금 전에는 정말 옛날 김주언 모습 그대로였다면서 한결 더 밝아진 투로, 같이 사진을 찍자고 했다. 그러나 나는 얼굴에 흉터가 생긴 뒤로 셀카를 찍지 않았다. 내가 주춤하자, 최유안은 불편해하는 심정을 눈치챈 듯 셀카 대신, 각자 손에 들고 있던 아이스크림을 가까이 대고 그걸 찍었다.

"너 인스타 아이디 뭐야?"

본 계정 하나와 악플로 스트레스를 푸는 용도의 부계정

네 개. 전부 비공개로 돌려놓고 쓰는 것들이었다.

"나 사고 이후로 SNS 접었어."

"아, 그럼 태그는 못 걸겠네. 이거 스토리에 올릴 거거든. 너 인스타 하면 아이디 태그 걸고 올리려고 했지."

최유안은 그렇게 말하면서 아이스크림 사진을 인스타 스토리에 올리고 내게도 보여 줬다. 사진에 "어릴 적, 소중한 친구"라는 글자가 적혀 있었다. 그 글을 보자 괜히 콧잔등이 간지러웠다.

♡ ◯ ◁

차여수는 우리 반에서 꽤 인기가 있는 애다. 귀여운 인상에 말투에는 어리광이 좀 묻어났다. 유튜버로 성공하고 싶다고 공공연하게 떠들어 대서 반 애들 모두 그 애의 꿈이 뭔지 알았다. 유튜브 채널도 하나 열어서 일상 브이로그를 올리고, 틱톡으로도 꾸준히 뭔가를 하는 듯했는데, 아직 자기 테마를 정하지는 못해서 구독자나 조회 수는 별 볼 일 없었다. 바로 그 차여수가 직접 다가와서 그 말을 꺼냈다.

"너 토요일 오후에 이안이랑 ○○대학에 있었지?"

왜인지 살가운 투였다. 대충 고개를 끄덕이자, 이전까지는 한 번도 말을 건 적이 없던 애가 자기도 그날 거기에 있었다면서 대단한 우연을 만난 것처럼 박수를 짝짝 쳤다. 그러더니 뒤쪽에 있는 자기 친구들을 향해서 "내 말 맞지?" 하고 보란 듯이 소리쳤다.

"너, 이안이랑 되게 친한가 보다."

차여수는 진짜 부럽다느니, 저도 이안이랑 친해지고 싶다느니 하는 말들을 종알거렸다.

'병아리 같은 애네.'

도톰한 입술이 꼭 부리같이 느껴질 즈음에 차여수가 작은 손을 불쑥 들이밀었다. 아무리 봐도 잡으라는 뜻인 것 같아서 살짝 잡자 손을 가볍게 흔든다.

"우리도 친하게 지내자."

뭐야, 이건.

어안이 벙벙한 채로 얼떨결에 고개를 끄덕였다. 제 친구들에게로 돌아가는 차여수의 꽁무니를 보다가 문득 깨달았다.

'아, 이안 때문이구나.'

친해지고 싶은 대상은 '인플루언서 이안과 친한' 김주언인 것이다. 지내 보니, 차여수뿐만이 아니었다. 반 애들은 확실히 전보다 나은 태도로 날 대했다. 가볍게 장난을 거는 애들도 있었다.

"주언아, 집에 같이 가자!"

최유안은 가끔 이렇게 반에 찾아오기도 했다. 그때마다 반 애들은 우리를 힐긋거렸다. 이안이랑 친해서 좋겠다고 직접적으로 말해 오는 애도 있었다. 나는 점점 더 최유안이 나를 찾는 게 좋아졌다. 아주 오랜만에 조금 으쓱하는 기분이 들었던 것이다.

얼마 뒤에 최유안은 갑자기 하민영을 데리고 왔다. 최유안의 어깨에 팔을 툭 걸치고 붙어 있던 하민영은 고양이 같은 눈을 한번 크게 뜨더니 흥미가 가득한 얼굴로 생글생글 웃으면서 인사했다.

"안녕, 이안이 친구. 나 알지?"

"아, 응."

"반가워. 내가 최유안 절친이거든. 내 절친한테 또 다른 친구가 생겼는데 안 와 볼 수는 없잖아? 어떤 앤지 궁금해서 같이 와 봤어."

애인의 이성 친구를 단속하는 것도 아니고……. 거참 유난이다 싶었지만 나도 마주 웃었다. 점점 연기가 늘어 가는 기분이었다. 최유안은 얘가 하도 졸라서 어쩔 수 없었다며 사과를 했다.

"최유안 친구니까 너는 이제 나랑도 친구야. 이건 없지? 오케이! 그럼 잘 지내 보자."

하민영이 멋대로 저와 나의 관계를 규정했다. 면전에 대고 '내가 왜?'라고 할 수는 없는 노릇이라 그러자고 대답했다. 하민영과 최유안이 돌아가고 나서 반 애들은 또다시 대놓고 부러워했다.

"와, 뭐냐? 쟤 이제 하민영이랑도 친구야? 존나 부럽네."

"야, 주언아. 이제 보니까 네가 우리 반에서 제일 능력자다."

그 이후로 최유안은 제 친구들을 더 데리고 왔다. 하민영 다음으로 달고 온 건 최라온이었고, 마지막으로는 김우영과 김정인이었다. 처음에는 왜 이렇게 자꾸 지 친구들을 달고 오나 싶었는데, 어렴풋이 짐작 가는 바가 있었다.

'나를 자기 무리에 끼우고 싶은 건가?'

그럴듯했다. 심지어 반 애들은 김주언이 이미 잘나가는

이안 무리의 일원이 되었다고 여기는 것 같았다. 분위기로 느낄 수 있었다. 그건 묘한 우월감이 들게 만들었다. 그 무리에 끼어 다니는 내 모습을 잠깐 상상해 봤는데 생각보다 그림도 괜찮게 느껴졌다. 그 애들 사이에 있으면 징그러운 흉터도 어쩐지 트레이드마크처럼 개성 있게 보일 것만 같았다. 오래전 알고 있었던 인기의 맛이 스쳤다. 한번 그 느낌을 상기하자 갈증이 났다. 원래 알고 있는 맛이 더 당기는 법이다.

'만약에 이안 인스타에 올라간 게 아이스크림 사진이 아니라 나랑 같이 찍은 사진이었으면 어땠을까?'

그랬다면 아마 그다음 날 난리가 났을 것이다. 전에 나는 그 '난리'를 나쁜 쪽으로만 상상했었다. 그게 실수였다. '난리'가 가져올 좋은 결과도 있다는 걸 왜 진지하게 고민해 보지 않았을까. 다음에 또 최유안이 같이 셀카를 찍자고 한다면 기꺼이 그렇게 해야겠다. 인스타에 사진을 올리겠다고 해도 수용하리라. 제 친구들이랑 놀러 가자고 한다면 어쩔까? 그래, 그것도 오케이다. 이왕 이렇게 된 거, 이안을 통해서 옛날 김주언의 기분을 조금쯤 되찾아 보는 것도 좋지 않겠나.

'근데 이러면 내가 이안을 이용하는 거 아닌가?'

문득, 찝찝한 생각이 머리를 스쳤다. 초등학생 때, 첫사랑 여자애의 마음에 들어 보겠다고 최유안을 이용했던 것처럼 이 애를 이용하는 것 같다는 생각.

'뭐 어때.'

최유안은 오히려 그때의 나에게 고마워했다. 지금도 내가 먼저 이안을 이용하려고 나선 게 아니라, 그 애가 치근거리는 양상이었다. 그렇게 생각하니 마음은 다시 편해졌다.

'그래, 뭐 어때.'

찝찝함은 그냥 가볍게 눌러 넘길 수 있는 수준이었다.

♡ ♢ ◁

"애들이랑 같이 저녁 먹을래?"

최유안이 정말로 그런 제안을 해 왔을 때, 나는 적잖이 당황했다.

"어?"

"지금 애들 밥 먹으러 ○○파스타 갔는데, 나보고 너랑 같이 오겠느냐고 해서."

어, 이건 너무 진도가 빠르지 않나. 이제 겨우 조금씩 사람들과의 노멀한 교류를 시도하고 있는 중인데, 대뜸 그 애들과 식사라니. 먹다 체하는 게 아닐까? 어쩌면 못나고 추한 자격지심이 은근슬쩍 고개를 들지도 모른다.

"불편하면 나중에 먹고."

최유안은 너무 성급하게 제안해서 미안하다는 듯이 한 발 물러섰다. 그 순간, 고작해야 또래의 친교 모임에 불과한 식사 자리를 부담스러하는 내 모습이 머저리같이 느껴졌다.

'쪽팔리지도 않냐, 김주언.'

불과 몇 년 전만 해도 이런 만남을 주도하는 건 나였다. 간택을 당해서 가슴이 떨리는 것은 상대방이지 내가 아니었다. 과거의 나는 그런 대상을 너그러운 마음으로 바라보는 역할이었다. 역전된 상황의 인식은 늘 입맛이 썼다.

"아냐, 괜찮아. 그렇게 만나면서 친해지는 거지 뭐."

역시 연기가 늘었다.

가성비 좋기로 유명한 ○○파스타 가게 안으로 들어가자 바로 애들이 보였다. 하민영이 제일 먼저 알아보고 손을 휙휙 흔들었다. 나와 최유안이 앉자, 테이블 위에 잠깐 어색한 침묵이 감돌았다. 손끝이 차가워졌다. 저절로 살짝 고개가 수그러들고, 괜히 검지로 엄지손톱을 뭉근하게 문질렀다.

"학교 밖에서 보니까 뭔가 새롭네."

먼저 말을 건 것은 최라온이었다. 형은 부드러운 미소와 함께 나를 빤히 쳐다봤다. 약간 관찰하는 듯한 시선이었다.

"근데 그거는 어쩌다 그렇게 된 거야?"

시선에는 목적이 있었다. 형은 '그거'라고 칭하면서 눈으로는 내 흉터를 훑었다.

"오빠는 뭘 벌써 그런 걸 물어요. 먼저 먹고 친해져요."

내가 당황한 티를 내기 전에 최유안이 나섰다. 그러자 김정인과 김우영이 맞장구를 쳤다.

"아, 그래. 너희 오는 거 기다리느라 배고파 뒤지는 줄 알았다."

"먼저 뭐라도 시키자, 진짜."

먹보 두 명 덕분에 테이블은 다시 소란해졌다. 음식이 나오고 나서는 분위기가 꽤 자연스러웠다. 김정인과 김우영은 나보다는 음식에 관심이 많아 보였는데, 먹다가 불쑥 "너 초등학생 때 운동 좋아했다며? 나중에 우리 체육관 한 번 올래?" 하고 영혼 없는 말을 건넸다. 하민영은 시종일관 나를 놀리려 들었다.

"이안이 그러는데, 너 어릴 때 진짜 인기 많았다면서? 존나 쩔었다던데."

내가 멋쩍게 웃자, 하민영은 깔깔대면서 부정은 안 한다 이거지, 하고 핀잔주듯이 대꾸했다. 최라온은 애들의 말장난에 간간이 웃으면서 차분하게 일상적인 질문들을 했다. 처음 흉터에 대해 물었던 것과 같은 난감한 이야기가 다시 나오지는 않겠지, 싶을 즈음이었다.

"너는 어느 과 가고 싶어?"

이번에도 툭, 달갑지 않은 질문이었다. 사실 진로는 생각하지 않은 지 오래였다. 축구를 잃은 뒤로는 미래를 생각하려는 시도 자체가 고통이었다. 너무 오래 머뭇거리지 않기 위해서 역으로 질문을 했다.

"형은요? 애들 얘기 들어 보니까 모델 일도 하신다던데……. 그러면 방송연예과나 모델과, 그런 쪽 지망이에요?"

"어. 나는 모델연기학부 희망. 근데 가끔은 꼭 대학 가야 하나 싶기도 해. 이안처럼 인기 많으면 그냥 돈 벌면서 학원 좀 다니고, 커리어 만들고 해도 될 것 같거든. 이안이 너는 대학 진학 생각 없지?"

최유안은 고개를 끄덕였다. 하기야 최유안은 이미 관심 분야에 대한 실력도 출중하고, 여기저기 찾는 곳도 많고, 돈도 잔뜩 벌고 있다. 이미 성공의 궤도에 오른 최유안이 뭐가 아쉬워서 굳이 대학을 가겠는가.

"와, 저 여유. 개부럽다. 야, 김우영. 우리도 유튜브 존나 열심히 하자. 이것도 찍어."

"병신아, 파스타 먹는 걸 찍어서 뭐 하게. 우리가 먹방 유튜버냐?"

"일단 찍어 봐. 어디서 조회 수 터질지 모르잖아."

"어, 그럼 편집 네가 해."

김정인과 김우영이 또 투닥거렸다. 옆에서 하민영이 빠지지 않고, "그런 거 찍을 시간에 콘텐츠나 구상하지?"라며 핀잔을 줬다. 그러나 역시 부럽기는 마찬가지인지 입술을 삐죽거리면서 자기도 빨리 유명해지고 싶다고 덧붙였다.

"카메라 켠 김에 우리 사진 한 장 찍자."

라온 형의 제안에 최유안은 나를 슬쩍 쳐다봤다. 일전에 셀카를 찍자고 했을 때, 내가 주춤했던 것을 떠올린 것이다. 괜찮다는 의미로 가볍게 고개를 끄덕이자 최유안은 한결 안심한 표정으로 내 어깨 쪽으로 몸을 붙여 왔다. 다들 SNS를 활발하게 하는 애들이라 그런지 조금의 어색함도 없이 각자의 시그니처 포즈를 취했다. 화면 속에서 가장 어색하게 웃고 있는 건 나였다. 하필이면 내가 제일 앞쪽이라 흉터가 도드라져 보였다.

"나 이거 인스타 올려도 돼?"

최유안이 소곤거렸다.

"좋을 대로 해."

대답하고서야 너무 빨랐다고 생각했다. 약간 민망했다. 거절을 예상했는지 최유안은 "진짜?" 하고 여러 번 되물었다.

"아, 근데 주언이 너는 인스타나 페이스북 안 해?"

질문을 한 건 하민영이었다. 지난번에 최유안이 물었을 때와 마찬가지로, 나는 그냥 고개를 저었다.

"뭐야, 너 MZ세대 맞아?"

하민영이 믿을 수 없다는 투로 물었다. 최유안은 이번

에도 나 대신 받아쳐 줬다.

"뭐 어때? SNS 하다 보면 괜히 다른 사람들이랑 비교하게 되고, '보여지는 나'를 의식하게 되고……. 뭔가 허영만 늘어 가고……."

"야, 최유안. 이안이 그렇게 말하는 건 진짜 반칙인 거 알지?"

하민영이 눈을 흘겼다.

최유안의 친구들과 어울린 시간은 생각보다 무던하고 평범했다. 헤어지는 순간에 애들은 다음에 또 같이 놀자고 말해 줬다(김우영과 김정인은 체육관에 한번 놀러 오라는 말을 또 했다). 최유안은 기분이 아주 좋아 보였다. 그 애는 정말이지 옛날의 도깨비라고는 믿을 수 없을 만큼 환한 미소를 지으면서 손을 흔들었다.

집에 들어갔을 때, 엄마는 평소처럼, "왔니?" 하고 가볍게 나를 맞이했지만 은근히 내 주변을 왔다 갔다 했다. 친구들과 저녁을 먹고 들어가겠다고 적어 보낸 메시지가 엄마를 설레게 만들었을 것이다. 그 기색이 순간적으로 기분을 건드렸다. 항상 친구들에게 둘러싸여 있던 시절에 늦게 귀가하면, 엄마는 못 말리겠다는 듯이 눈을 흘기곤 했었다.

'적당히 좀 놀지. 친구들이랑 맨날 그렇게 노는 거 지겹지도 않니?'

지겹지 않았다. 지금도 나는 그 시절이 그리웠다. 엄마도 그리워하고 있을 것이다. 엄마는 내 입에서 친구들과 어떻게 놀았다는 말이 나오지 않으리란 걸 알고는 결국 다시 거실 소파에 앉았다. 나도 방으로 들어왔다.

손은 자연스럽게 폰으로 향했고, 인스타그램에 접속했다. 먼저 이안의 피드를 들어갔는데, 아까 우리가 파스타집에서 함께 찍은 사진이 제일 위에 떴다. 제일 앞에 나. 그 옆에 최유안, 그 옆에 하민영. 맞은편에 김우영, 김정인, 최라온. 역시 나를 빼고는 다들 표정이 자연스러웠다. 사진 아래에는 최유안이 적은 짧은 문장도 있었다.

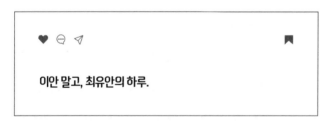

이안 말고, 최유안의 하루.

무심코 댓글 창도 눌렀다가 우르르 쏟아지는 댓글들 때문에 깜짝 놀랐다. 누가 내 외모를 조롱하지 않았을까 싶었는데, 놀랍게도 사람들은 내게 관심이 전혀 없었다. 딱 서너 개의 댓글만이 "어? 이안이 새 친구 생겼나?" 하는 식으로 이안의 친구 관계에 대한 관심을 표했을 뿐이다.

"뭐야……."

조금도 관심을 끌지 못했다는 게 이상하게 불쾌했다. 혹시나 몰라서 다시 댓글을 찬찬히 읽어 보는데, 역시나 나에 대한 내용은 '새 친구' 이상의 언급으로 넘어가지 않았다. 그러나 딱 하나, 이런 댓글이 눈에 밟혔다.

● ean_husband 이안 님, 남사친 늘었네? 인상 안 좋아 보이는데……. 거기다 사진 너무 붙어서 찍었다. 항상 행동 조심해 주세요. ㅠㅠ

'뭐야 이 새끼는.'

몇 문장만으로 기분이 잡쳤다. 아이디도 수준 이하다. 문제는 나도 별반 다르지 않다는 거였다. 내가 달고 다니는 악플이나 이 오지랖이나 다를 게 없다. 그 사실을 인지

한 순간 마음은 배로 상했다. 피드를 나와 이안의 팔로잉 목록에서 하민영과 최라온의 계정을 눌렀다. 하민영은 오늘 사진을 올리지 않았고, 최라온은 올렸다. 최라온의 피드를 보자 기분이 한층 더 가라앉았다.

'왜 잘랐지?'

최라온이 올린 사진에 나는 없었다. 정확히 말하면 다 같이 찍은 그 사진에서 맨 앞에 있던 나만 잘려 있었다. 아까 내 흉터를 보던 최라온이 눈을 좀 찡그렸던가. 곤란한 듯이 입술을 매만지지는 않았나. 징그럽다고 생각하는 걸 들키지 않으려고 더 많이 미소를 지었던 건 아닐까.

'인생 복잡하게 산다, 김주언. 안 친하니까 잘랐겠지.'

그래, 그랬을 것이다. 안 친하니까.

'근데 하민영은 왜 사진 안 올렸지?'

까먹었던지, 아니면 올리고 싶을 정도로 잘 나온 게 아니었던지. 그것도 아니면 최유안이 올렸으니까 구태여 같은 사진을 올릴 필요는 없으니까 그랬겠지. '징그러운 흉터와 우울한 낯빛을 한 내가 쪽팔려서'라는 거창한 이유는 아닐 거다.

'상식적으로 생각해. 자격지심에 찌든 쓰레기처럼 생각

하지 말고.'

한번 비틀린 생각을 시작하면 안 좋은 것들이 꼬리에 꼬리를 물고 딸려 왔다. 망가진 다리, 잃어버린 미래, 흘러가 버린 과거의 영광 같은 것들. 지겹도록 반복되는 악몽 회로였다. 나는 쓰레기처럼 생각하지 않으려고 노력했으나 그런 노력은 매번 실패했다. 무심코 버튼이 눌러서 시작된 우울의 늪은 순식간에 나를 집어삼켰다.

그림자

      🧑 유안

"아니 왜 김주언만 잘랐지?"

김주언이 인스타를 안 하는 게 다행이었다. 나는 바로 오빠에게 전화를 해서 따져 물었다. 오빠는 하하 웃더니, 별로 안 친하니까 올리기가 좀 그렇더라고 말했다. 느릿한 말투에서 느껴지는 여유가 아주 거슬렸다.

"괜찮으니까 사진 다시 올려요."

"걔 어차피 인스타 안 하잖아. 뭘 또 그래."

"좀 그렇잖아요. 저랑 오빠 같이 팔로우한 사람들 많을 텐데, 내 피드에는 원본으로 올라가 있고, 오빠 피드에는 주언이만 잘렸으면 좀 웃기잖아요."

"뭐가 웃겨. 그냥 좀 덜 친한가 생각하겠지."

이상한 고집이었다.

"오빠, 진짜 왜 그래요?"

그러자 핸드폰 너머로 몇 초간 침묵이 흘렀다. 잠시 후,
오빠가 나직하게 한숨을 쉬었다.

"이안아, 나는 진짜 뜨고 싶거든."

순간적으로, '뭐요?'라는 말이 턱 끝까지 차올랐다.

"유명해지고 싶단 말이야. 모델로든, 인플루언서로든,
뭐로든. 너도 알다시피 나한테 인스타는 내 포트폴리오
야. 내가 받은 모델 제의도 자잘한 광고도 다 인스타 피드
통해 들어왔어. 그러니까 관리를 하는 게 당연하잖아. 너
는 이미 유명하니까 상관없을지 모르지만 나는 아니야."

그 말을 듣고 바로 든 생각은 개소리를 참 정성스럽게
한다는 거였다. 물론 자기 피드에 뭘 올리든 내가 상관할
수 있는 건 아니지만, 몹시 빈정이 상했다. 아무리 길게 주
절거려 봤자 핵심은 김주언이 자기 피드에 안 어울린다는
말이 아닌가. 나도 가끔 이런 생각을 가지고 있는 유명인
들을 대하게 될 때가 있는데('너와 나는 좀 다른 사람이지.'라는

어쭙잖은 허세가 느껴졌다), 그럴 때마다 진심으로 환멸을 느꼈다. 또 한편으로는 혹시 나도 은연중에 그런 마음을 가지게 되는 것은 아닐까 두렵기도 했다.

"오빠 포트폴리오에 어울리는 게 뭔데요?"

"내 분위기와 이미지에 맞는 거."

"지금 내 머릿속에 딱 떠오르는 오빠 이미지는 옹졸함, 가증함, 뭐 그런 건데."

"너무 화내지 마. 네 친구는, 음…… 좀 우울하고, 어둡고 그런 부분이 있잖아. 사진에서도 그런 느낌이……."

나는 더 듣지 않고 전화를 끊어 버렸다. 최라온의 피드에 그렇게 대단한 뭔가가 있나. 오빠의 피드를 한번 쭉 둘러봤다. 전체적으로 따뜻한 색감의 필터에 인터넷에서 흔히 '남친짤'이라고 부르는 것과 비슷한 구도의, 꼭 누군가의 다정한 남자친구같이 나온 사진들이 올라와 있었다. 중간중간 지인들과 찍은 사진도 있었는데, 대개가 외모나 스타일이 출중한 사람들이었고 나와 하민영과 함께 찍은 사진들도 꽤 올라와 있었다. 비교적 최근에 올린 사진들은 광고나 잡지 촬영을 했던 걸 기록한 사진이었다. 그걸 보고 있는데 오빠에게서 디엠이 왔다.

◁ **lion_choe** 사진 그냥 삭제했어.

　　그것도 열받는 일이기는 했지만 그 애만 잘려 나간 사진이 계속 올라와 있는 것보다는 나았다. 찝찝한 기분으로 침대에 누웠다. 가만히 김주언을 생각했다. 그 애의 흉터와 망가진 다리와 그만둔 축구가 하나하나 스친다. 나라고 그 애한테서 순간 드리웠다 사라지는 우울의 그림자를 느끼지 못했다고는 할 수 없다. 생각해 보면…… 그래, 똑같을 수는 없다. 그렇지 않은가. 그 애는 큰 사고를 당했고, 한순간에 많은 것을 잃었다.

　　'어떻게 같을 수가 있겠어.'

　　그러나 많은 것이 변했다 한들 모든 것이 변하지는 않았으리라. 반짝반짝 빛나던 나의 터닝 포인트. 그때의 김주언은 반드시 남아 있을 것이다.

　　'내가 도와줄 수는 없을까……?'

　　어릴 적 김주언이 내 삶에 침투해 들어왔던 것처럼 나도 그 애의 삶에 침투할 수는 없을까. 옛날과 같은 그 따뜻하고 당당한 소년을 되찾을 수는 없을까. 당장 내 곁의 소중한 사람에게 힘이 되어 줄 수 없다면, 인플루언서라는 이름은 부끄러운 것이 될지도 모른다.

　침대에 파묻혀 고민하던 중, 몇 가지 생각이 떠올랐다.

김주언이 내 뜻대로 따라와 줄 것인가가 문제였지만.

간지러운 말

👤 주언

과연 40만 팔로어 이안의 파급력은 대단했다. 사진이 올라간 바로 다음 날, 반 애들이 그 사진에 대해 알은척을 해 왔다.

"너, 이안 친구들이랑 같이 밥 먹었더라!"

"야, 하민영이랑 최유안 가까이에서 보니까 어때? 졸라 예쁘지?"

최유안과 그 애의 친구들에게 치근댈 수 없으니 대신 나에게 말을 거는 거였다. 한편 최유안은 그 이후로 더욱 적극적이었다. 함께 파스타를 먹었던 것을 기점으로 더욱 친해졌다고 느끼는 모양인데, 솔직히 가끔은 좀 부담스럽기도 했다.

💬 이따 밤에 같이 운동하자.

차라리 김정인이나 김우영이 운동을 하자고 했다면 모를까. 운동이랑은 딱히 관련 없어 보이는 애가 갑자기 운동을 하자고 제안하는 걸 보면서 도대체 이 애는 왜 이렇게 나한테 치근거릴까, 궁금했다. 반 애들이 태도를 바꾼 것은 이기적 본능이라고 할 수 있겠지만, 최유안이 내게 호의를 보이는 것은 무엇 때문일까. 동정일까. 아니면 어릴 적의 내가 정말 그토록 인상 깊었던 것일까. 최유안은 재회의 순간에 '덕분에 잘 지냈다.'고 했다.

최유안의 호의는 고마우면서도 은근히 찝찝했고, 괜히 껄끄러우면서도 놓치고 싶지는 않았다.

우리는 최유안네 아파트 단지에서 만났다. 그 애는 캡모자에 스포츠 브랜드의 반바지와 셔츠를 입고 나왔다. 대단할 거 없는 차림새였는데도 유난히 트렌디해 보였다.

"너는 그냥 집 앞에 운동하러 나오는데도 스타일리시하다."

최유안은 멋쩍은 듯이 웃으며 동네를 돌아다닐 때도 알아보는 사람들이 있고, '이안'에 대한 기대치가 있어서 아주 프리하게 돌아다니기가 어렵다고 했다.

"오늘도 이거 대충 입고 나온 거 아니야. 운동복 하나 입는데도 한참 동안 옷 매칭해 본다니까."

우리는 아파트 단지 내의 작은 공원을 조금 빠른 걸음으로 회전초밥 돌아가듯이 빙빙 돌았다. 다친 다리이지만 이 정도 걷는 것은 별로 문제가 되지 않았다. 다만, 절름발이 신경 쓰여서 자꾸 최유안보다 걸음이 느려지려고 했다. 최유안은 힘들어서 그런다고 생각했는지 속도를 늦추면서 갑자기 뜬금없는 말을 했다.

"너, 내 방송 나와 볼래?"

들은 순간에는 장난을 치는 건가, 싶었다. 경직된 모양으로 올라간 입꼬리와 쥐었다 폈다를 반복하는 손을 보고서야 그게 진지한 제안이라는 걸 알았다.

"너…… 메이크업 방송하지 않냐……?"

"응."

"근데 왜 나를 방송에 초대해?"

"오해하지 말고 들어. 흉터 커버 메이크업 콘텐츠 해 보면 어떨까 싶어서. 또, 그 흉터 살려서 분장 메이크업 쪽으로도 한번 해 보고 싶어."

말을 듣자마자 상상해 봤다. 하얀 조명과 온갖 메이크업 도구들이 줄줄이 놓여 있는 책상 앞에 진하고 깊은 흉터를 모두 드러낸 상태로 멍하니 앉아서 카메라를 보는 내 모습을. 라이브 방송이라면 채팅 창에는 나에 대한 코멘트들이 실시간으로 올라오겠지. 얼마 전 이안이 올린 사진에 달렸던 댓글처럼 '인상이 안 좋아 보이는데 저런 애랑 노는 거냐.'는 식의 기분 나쁜 이야기가 분명히 있을 것이다. 최라온이 사진에서 나를 잘라 낸 것만 봐도 좋은 반응만 나올 것 같지가 않았다. 그리고 나는 그런 댓글들에 아무렇지도 않을 자신이 없었다. 카메라 앞에서 죽을상을 하고 있게 될지도 모른다. 이건 유명한 애와 어울려 놀면서 떨어지는 콩고물을 적당히 받아먹는 거랑은 좀 종류가 달랐다.

"내가 무슨 방송이야. 민망해서 싫어, 그런 거."

최유안은 그러니, 하고 선선히 고개를 끄덕이다가 머뭇

머뭇 한마디를 덧붙였다.

"주언아. 너, 어릴 때 나한테 했던 말 혹시 기억나?"

'미안하지만 너한테 내가 무얼 했었는지 전체적으로 흐릿해.'

그렇게 솔직하게 말할 순 없어서 나는 또 웃음으로 때웠다.

"나한테 선크림 바꿔 보라고 했던 거 말이야. 백탁이 심한 선크림보다 내 톤에 맞는 게 나을 거라고, 혹시 피부색으로 애들이 놀리면 내 편 들어 주겠다고."

희미하게 기억이 났다. 최유안이 반의 누군가한테 호되게 험한 일을 당한 날인 것 같다. 그때 최유안이 얼마나 안쓰러웠던가.

"방금 내 제안은 그거랑 비슷한 거야."

지금의 최유안은 적토마 같은 짙은 갈색 피부를 온전하게 드러내 놓고 있었다. 어릴 때의 그 상한 자존심이 고스란히 드러나는 눈빛이 아니라 따뜻하고 상냥한 눈빛을 하고 나를 보고 있었다.

'역시 너도 나를 불쌍하다고 생각하나.'

그건 나의 지뢰였다. 동정은 필요 없다. 내가 언제 네게 그런 걸 구걸했던가.

"내 편이라는 말. 그 말이 나는 참 좋았어."

순간 기억이 한층 더 선명해졌다. 그날은 기분이 이상했다. 짝사랑하는 여자애에게 잘 보이려고 도깨비를 이용했던 그간의 마음과는 다른 마음이 처음으로 들었고, 그게 낯설고 이상해서 꽤 오랫동안 이상하다고 생각했었다. 그때 나는 진심으로 도깨비를 도와주고 싶었다. 신이 사람의 영혼에 부여한 그 기묘한 선의. 그런 것이 작용한 순간이었다.

지금 최유안은 내게 그런 마음이 들고 있다고 말하고 있는 거였다. 자기 나름대로 그 선의를 어떻게든 표현하고 싶은 모양이었다. 그걸 깨달은 순간 얼굴의 흉터가 찌릿, 아픈 것 같았다. 아니, 어쩌면 다리의 흉터였을지도 모른다. 기묘한 선의만큼이나 기묘한 통증이었다. 아프다고 말하기에는 시원하고, 마냥 시원하다고만 하기에는 아릿한……

어렸을 적, 도깨비도 지금 나랑 비슷한 느낌을 받았을까. 그런 생각을 하며 최유안을 물끄러미 바라봤다. 그 애의 긴 속눈썹이 몇 번 내려앉았다가 올라갔다. 긴장 때문인지, 기대 때문인지 알 수 없었다.

♡ ◯ ◁

고민 끝에 결국 이 제안도 수락했다. 당연히 최유안은 기뻐했다. 그 애는 당장에 같이 스크립트를 짜 보자면서 방과 후에 나를 끌고 카페로 갔다. 커다란 딸기 빙수를 앞에 두고, 최유안은 일방적으로 말을 쏟아 냈다. 짙은 갈색 뺨에도 홍조가 보였다. 그러면서도 내가 부담스러워하지는 않는지 눈치를 살폈다. 혹여 내 마음이 바뀌지나 않을까 걱정하는 기색이었다. 합리적인 걱정이었다. 어릴 적의 기억을 들먹이면서 했던 최유안의 말이 퍽 가슴에 와 닿는 부분이 있어서 얼결에 그래 한번 해 보자, 하고 수락하긴 했지만 흔쾌한 마음은 아니었다.

최유안은 첫 멘트부터 마지막 멘트까지 세세하게 대본을 짰다.

"자, 처음에 이렇게 시작할 거야. 한번 들어 봐."

흠, 흠, 목청을 가다듬고 정말 방송하듯이 멘트를 쳤다.

"얍체 여러분 안녕! 이안이에요. 다들 잘 지내셨죠? 저는 몇 주 전에 진짜 신기한 경험을 했어요. 제가 초등학교 때 진짜 좋아했던 정말 고마운 친구가 있는데 그 친구를 우연히 학교에서 만난 거예요!"

"진짜 좋아했던 정말 고마운 친구"라니……. 당사자를 눈앞에 두고 천연덕스럽게 저런 멘트를 할 수 있다는 게 대단했다. 그 뒤의 소개 멘트는 더 가관이었다. 초등학교 시절의 왕따 이야기를 다시 꺼내면서 그때 나를 구해 준 게 바로 그 친구라나. 구해 줬다니. 너무 과하다. 나도 모르게 눈을 확 찌푸렸다.

"그냥…… 옛날에 알았던 친구 정도로만 소개하자. 낯부끄럽다."

"왜? 이왕 얼굴 나오는데 좋은 이미지이면 좋잖아. 거짓말도 아니고."

"아니야. 너무 과해."

게다가 그렇게 자세히 설명하면 초등학교 시절의 김주언을 기억해 내는 동창이 분명 있을 거였다. 남부러울 것 없던 김주언이, 스포츠 뉴스가 아니라 뷰티 인플루언서의 방송에, 그것도 얼굴에 웬 영문 모를 거대한 흉터를 달고 서 나온다니. 그 사실에 동정하거나 경악하는 누군가가 있을 거라는 가정은 상상만으로도 불쾌했다.

최유안은 끝까지 그 멘트를 아쉬워했다. 그 애는 꼭 제 방송 콘텐츠가 흥하는 것보다 나를 의인으로 포장하지 못해 안타까워하는 것 같았다. 최유안이 고집스럽게 그럼 앞에 멘트만 쓰면 안 되겠느냐고 다시 물었을 때였다. 우리 테이블로 누군가가 다가왔다. 20대 초중반으로 보이는 커플이었다.

"우아, 〈MZ GOLD HANDS〉 이안 맞죠?"

여자 쪽이 불쑥 끼어들어서 물었다.

최유안이 고개를 끄덕이자 커플은 호들갑을 떨었다. 어쩌면 그렇게 손재주가 좋냐느니, 너무 예쁘다느니 하는 말들이 쏟아졌다. 여자는 허락도 없이 최유안의 어깨를 만지고, 손을 덥석 붙잡았다. 나는 순식간에 철저히 없는 사람이 되었다. 그 자체로도 민망한데 여자 쪽이 나를 힐끔 보고서는 순간적으로 표정을 굳혔기 때문에(흉터 때문이었을 것이다) 점점 더 기분이 안 좋아졌다.

"저희 사진 한 장만 찍어 주세요."

남자가 갑자기 내게 핸드폰을 들이밀었다. 나도 반사적으로 손을 내밀었다. 그 사이를 최유안의 말이 가로질렸다.

"아, 죄송해요. 제가 지금 친구랑 있어서 사진은 좀 어려워요."

정말 미안해하는 표정과 어투였다. 커플은 쉬이 물러나지 않았다. 최유안은 다시 한 번 정중하게 거절했다. 지금 중요한 얘기를 나누는 중이었다, 오늘 제가 얼굴 상태가 좀 안 좋아서 사진은 불편하다, 납득할 만한 이유를 붙였음에도 커플은 몇 번이고 조르다 결국은 삐딱한 표정이 되어서 물러났다.

"지가 연예인이야 뭐야. 겁나 비싸게 구네."

"그렇게 예쁜 것도 아니네 뭐."

들으란 듯이 툭 던져 놓고 이쪽이 뭐라 항변할 새도 없이 카페를 나가 버렸다. 놀랍도록 무례한 태도였다. 최유안은 어색하게 웃었다.

"종종 있는 일이야. 저번에는 화장실 앞에서 5분이나 사진을 찍어 줬다니까. 터지기 일보 직전이었는데도."

저 좋을 대로 사진을 찍어 놓고서 실물은 별로라는 코멘트를 달거나 순간적으로 눈을 감거나 입을 벌려서 이상하게 나온 사진을 올리거나……

"진짜 최악은 이런 거였어. 남자 팬이었는데 다짜고짜 끌어안더니 떨어질 생각을 안 하는 거야. 그렇게 끌어안아 놓고서도 부족했는지 꼭 악수를 하고 싶다는 거야. 그때는 나도 요령이 없어서 요청하면 다 들어줘야 하는 줄 알았거든. 세상에 손을 얼마나 주물럭대던지. 사진도 얼굴 딱 붙이고 어깨를 감싸 안고 찍더라."

으, 하고 최유안은 몸을 부르르 떨었다.

"무례한 요구를 거절하면 잘난 척한다는 식으로 욕을 먹고, 순간 포착된 사진 때문에 헛소문이 생기기도 하고……. 가끔은 이게 맞나 싶어. 내가 나로 사는 게 아니라 돈이나 관심에 끌려가는 느낌도 들고…… 내 주변 사람들도 그런 이유로 내 곁에 있는 건 아닐까, 하는 기분 나쁜 의심이 들 때도 있고."

겉으로 고개도 끄덕여 줬지만 팔자 좋은 인플루언서의 철없는 한탄이 아닌가. 더구나 나는 '진짜로' 삶에서 주체성이 없어지는 것이 무엇인지 너무 잘 알고 있는 사람이었다.

"제일 짜증 나는 건 악플이야."

바로 다음에 이어지는 말은 마음을 쿵, 내려앉게 했다.

"그게 사람 기분을 얼마나 잡치게 만드는데."

"너무 마음 쓰지 마. 자격지심에 찌든 사회 부적응자 같은 애들일 텐데 뭐."

내가 던진 돌에 내가 맞는 듯한 아픔이 싸하게 가슴에 번졌다.

"그래서 방송 멘트는 뭐, 어떻게 한다고?"

은근슬쩍 말을 돌렸다.

"앞에 멘트만 쓰는 것도 진짜 별로야?"

최유안의 의식은 순순히 몇 분 전으로 옮겨 갔다. 김주언 의인 만들기. 내가 여기저기 악플을 달고 다닌다는 걸 알면 어떻게 되려나. 좋은 친구, 고마운 친구, 너를 도와줬던 착한 소년이 악플러가 되었다는 걸 알게 된다면 너는 어떤 얼굴과 눈빛으로 나를 바라볼까.

"그러면 이런 멘트는 어때? 배려심이 되게 많고, 상냥했던 친구."

최유안과 눈이 마주쳤다.

역시 이 애에게만큼은 좋은 사람으로 남아 있고 싶다. 그러면 '좋은 김주언'의 조각 하나 즈음은 어딘가 존재하고 있는 게 되지 않을까.

♡ ◯ ◁

그 애는 결국 제 고집대로 멘트를 했다. 처음보다는 덜 민망한 내용이었지만, 올려치기인 것은 변함이 없었다. 정의감 있는 친구, 반 애들이 다 좋아했던 친구라고 소개를 했는데, 그 순간 표정 관리가 되지 않아서(라이브 방송 댓글 창에, 혹시 친구분 화장실 가고 싶은 거 아니냐는 메시지가 올라왔다) 결국 방송 중에 그 애가 크게 웃음을 터뜨리고 말았다.

영상으로 보는 내 얼굴은 조명 때문인지 평소보다 창백했고, 그 덕분에 흉터가 더욱 도드라졌다. 어색한 미소는 어딘지 주눅이 들어 있는 사람처럼 보이게 만들었다. 그러나 '이안'은 제법 능숙한 방송인이었고, 뒤로 갈수록 나도 긴장이 풀렸다. 촬영할 때는 몰랐는데 막상 업로드된 영상을 보니, 방송은 '흉터 커버 메이크업'이 아니라 꼭 '이안의 학창 시절 썰 풀기 브이로그' 같았다. 실시간으로 올라오는 댓글 중 나에 대한 이야기가 있으면 꼭 읽고 멘트에 대한 답을 해 줬다.

그나마 다행인 건 의외로 무례한 댓글이 별로 없다는 거였다. 흉터의 이유에 대해 궁금해하는 사람들은 있어도 공격적인 글은 없었다.

메이크업이 끝나고 화면을 봤을 때는 엄청 놀랐는데, 이안의 손을 거친 흉터가 감쪽같이 감추어져 있었기 때문이다. 뿐만 아니라 콧대도 더 솟아 보였고, 눈매도 더 시원하게 트여 보였다. 도대체 어떻게 한 것인지 놀랍기만 했다. 마음에 드냐는 그 애의 물음에, 나는 멍청한 말투로 옛날 얼굴을 되찾은 것 같다고 중얼거렸다. 사고 전의 얼굴이었다. 사고 이후로 얼굴에 자리 잡은 냉소적인 분위기나 은연중에 나타나는 우울감은 어쩔 수 없었지만 전체적인 이미지는 정말 사고 전과 같았다. 엄마가 보면 뛸 듯이 기뻐할 것이었다. 시청자들도 그 감쪽같음에 놀라워했다. 더러는 흉터가 사라진 내 얼굴을 칭찬하기도 했다. 방송이 끝나고 나서도 바로 메이크업을 지울 수 없었다. 최대한 오래 이 상태를 유지하고 싶었다.

"이 흉터는 수술해도 흔적이 남을 거라고 했는데……."

의사는 흉터에 피부를 이식해도 울퉁불퉁한 굴곡이 남고 보기에 부자연스러울 것이라고 말했었다. 그럼에도 수술을 하는 쪽이 낫다고 덧붙였지만, 이미 자포자기한 심정이었던 나는 거부했다.

"나 잘하지?"

자신만만하게 웃는 최유안을 보자 나도 웃음이 나왔다. 마주 웃자 최유안은 정말 기뻐했다.

"메이크업을 시작해서 가장 좋았던 때를 손에 꼽으라면 지금 이 순간이 꼭 들어갈 거야."

최유안이 내뱉는 음절 하나하나에 기쁨이 흘렀다. 이렇게 순전한 기쁨을 마주한 것이 너무 오랜만이었다.

'애는…… 정말 뭐지……?'

말문이 막혔다. 아니, 숨이 막히는 건가? 정말로 호흡이 살짝 버거운 것 같기도 했다. 환한 얼굴을 마주 보기가 어렵게 느껴져서 슬쩍 시선을 피했다.

"주언아, 내가 요령을 알려줄 테니까 직접 하고 다니면 어때?"

그런 섬세한 손재주는 없다고 거절하자, 최유안은 그럼 중요한 날에는 자기가 오늘처럼 커버를 해 주겠다고 했다.

"약속!"

최유안이 불쑥 새끼손가락을 내밀었다. 그 작은 몸짓에 나는 다시 숨이 가빴다.

161

♡ 🗨 ✈

내가 게스트로 참여한 그 방송은 이안의 다른 영상에
비하면 확 인기를 끌거나 주목을 받지 못했다. 그러나 이
안의 어린 시절 이야기를 자세하게 담고 있다는 점에서 진
짜 팬들은 이 방송을 좋아했다. 라이브 방송 후, 편집된 영
상이 유튜브 채널에 게시되었을 때 달린 댓글들도 반응이
좋았다. 그 애가 나를 과하리만큼 좋게 포장해서 이야기한
덕에 나에 대한 칭찬도 꽤 있었다. 가슴이 뻐듯하게 차올
랐다. 내가 괜찮은 사람이라는 그 느낌은 참 오랜만에 느
껴 보는 감각이었다.

우리 반에도 이안의 채널을 구독하는 애들이 있었는데,
차여수도 그중 한 명이었다. 그 애는 저번에 그랬던 것처
럼 대뜸 내 자리로 와서는 꼭 오래 친하게 지낸 사이인 양
말을 걸었다.

"이안한테 평소에도 커버 메이크업 해 달라고 할 생각
은 없어?"

말과 동시에 작은 손이 얼굴로 다가왔다. 흉터 쪽이었

다. 반사적으로 얼굴을 뒤로 물리면서 손을 잡았다.

"아, 미안. 방송 봤거든. 그래서 신기해서…….."

차여수는 내가 이안과 있을 때는 평소랑은 사뭇 분위기가 다르다고 했다. 그야 그 애 앞에서는 최유안이 기억하는 어린 김주언의 모습으로 있으려고 하니까.

차여수는 나의 무응답을 개의치 않고 혼자 재잘거렸다.

"이안이 누구를 게스트로 초대하는 경우가 없었는데 너를 초대해서 진짜 놀랐어. 근데 방송 보니까 좀 이해가 되더라고. 네가 어릴 때 그렇게 멋있는 애였을 줄은 몰랐어. 지금이랑은 이미지가 좀 달라서 상상이 안 돼."

차여수의 눈썹 한쪽이 위로 살짝 올라갔다. 나의 어린 시절을 가늠해 보는 듯했다.

"……성격이 좀 바뀌었어."

"아……. 혹시 방송에서 말했던 사고 때문에……?"

라이브 방송 댓글 중에는 무슨 일로 흉터가 생겼냐고 묻는 내용이 꽤 있었다. 예상했던 질문이므로 차분하게 대답했다. 고속도로에서 우리 차와 트럭이 충돌했다고.

나는 그냥 어깨를 으쓱하는 것으로 대답을 대신했다.

"혹시 내 질문 좀 기분 나빴어? 미안해……. 우리 친해진 줄 알고."

저번에 친하게 지내자며 손을 내밀었던 걸 말하는 모양이었다. 그때 교실로 들어오는 하민영과 최라온이 보였다. 어쩐 일로 최유안이 없었다. 둘은 남의 반에 들어오면서도 전혀 거리낌이 없어 보였다. 어느 곳에서나 환영을 받기 때문일 것이다. 역시 두 사람의 목적은 나였다.

"주언이, 안녕."

하민영이 먼저 인사를 했고, 최라온도 웃는 얼굴로 알은체했다. 최유안 없이 얼굴을 보는 건 처음이었다.

"무슨 일이야?"

"이안 방송 봤거든. 영상 재밌게 잘 나왔더라. "

대답한 건 최라온이었다. 일전에 인스타에 나만 잘라서 사진을 올린 걸 안 뒤로 나는 이 형이 달갑지가 않았다. 상냥한 미소나 부드러운 말투도 다 고깝게 들렸다.

"아, 네."

"인스타에 벌써 짤도 돌아다녀. 이안 왕따당할 때 도와준 절친이라고. 요즘 인성으로 영업하는 게 꽤 먹히는데 너 콘셉트 잘 잡았더라."

'그건 콘셉트가 아니라 사실이지.' 하고 생각했다가 그 시절 나의 본심이 첫사랑에게 잘 보이기 위한 이미지 메이킹이었음을 상기했다. 최라온은 싱글싱글 웃으면서 말을 이었다.

"나는 엄청 졸라도 절대 초대 안 해 주던데…… 기껏해야 인스타 라이브 방송이나 같이 해 봤지, 이안 콘텐츠에 초대받은 적은 없거든. 근데 주언이 너는 확실히 우리랑 다르긴 한가 보다."

그러자 옆에 있던 하민영이 최라온을 툭 쳤다.

"에이, 오빠. '우리'랑 다른 게 아니라 오빠랑 다른 거겠죠. 저는 말만 하면 언제든지 이안이랑 방송 찍을 수 있어요."

"너도 못 찍었잖아."

"그건 내가 더 안 졸랐으니까 그런 거고요. 이안 방송 신념이 자기 콘텐츠에 게스트 끼워 넣지 않는 건데 내가 어떻게 그걸 요구해요."

하민영의 말이 예사롭지 않게 들렸다. 그렇다면 그 애는 왜 방송에 나를 초대했을까. 흉터 커버 메이크업이 그토록 중요한 콘텐츠일 리는 없었다.

"그럼 이제 그 신념이 깨진 것 같으니까 너도 한번 부탁

해 봐."

"오빠도요. 지금은 들어줄지도 모르잖아요."

장난처럼 주고받는 말에 감정이 은근하게 배어 있었다. 특히 최라온은 불쑥 치솟은 짜증을 다스리려는 것처럼 보였다. 그걸 보고 있자니, 도대체 40만 팔로어 인플루언서가 대체 뭐라고 주변에서 이 난리들인가 싶었다. 나도 이렇게 지겨운데 최유안은 얼마나 지긋지긋할까.

그때 누가 내 등을 톡톡 두드렸다. 잠깐 옆으로 밀려나 있던 차여수였다.

"나 소개 안 해 줄 거야?"

아, 차여수는 내가 자기를 하민영과 최라온에게 소개하기를 기다리고 있었다. 나는 떠밀리듯이 차여수를 소개했다. "반 친구." 한마디를 먼저 던지고, 너무 짧은가 싶어서 한 문장을 덧붙였다.

"애도 유튜브 채널 운영한대."

"별거는 아니고……. 그냥 뭐 하나 얻어걸렸으면 하는 마음으로 이것저것 올려. 요즘은 이안처럼 메이크업 쪽으로 관심이 가서 다양하게 구상해 보고 있어."

차여수는 누구에게나 호감을 살 만한 밝은 미소를 지

으면서 자기를 소개했다. 하민영은 조금 퉁명스럽게 대꾸했다.

"메이크업, 뷰티 쪽은 하지 마. 그 분야 완전 레드오션이라 더 나올 것도 없어. 이안처럼 특출나고 유명한 애들이나 반응을 얻지, 어중이떠중이들은 그대로 사장되는데……."

차여수는 잠깐 주춤했지만 "그렇긴 하지." 하고 유연하게 대처했다. 최라온은 습관처럼 장착하고 다니는 상냥한 미소로 마주 웃으면서 너도 이안처럼 되지 말라는 법은 없다며 열심히 해 보라고 말했다. 그리고 끝일 줄 알았는데.

"주언이 너도 유튜브 채널이든 인스타든 뭐든 해 봐. 모처럼 '이안 코인' 탑승했는데 잘 활용하면 좋잖아."

그러니까 이 형은 산뜻하고 따뜻한 투로 이런 말을 하는 게 기분이 나빴다. 여차하면 비꼬듯이 들릴 수 있는 말을 아주 부드럽게 해서 듣고 기분이 나빠지는 사람이 속 좁은 것처럼 느껴지게 만든다. 여우가 따로 없다. 아니면 이것도 내가 괜히 비꼬아서 듣는 것일까.

"저는 할 수 있는 콘텐츠가 별로 없어서요."

"왜, 축구했다며. 그런 거 이용하는 거지 뭐. 흉터 커버

하고 메이크업 받은 거 보니까 얼굴도 괜찮고. 한번 해 봐. 요즘 다들 인플루언서 못 돼서 안달인데. 너도 어릴 때 친구들한테 인기 진짜 많았다며. 사람들이 너를 좋아하는 게 얼마나 기분 좋은 일인지 알 거 아니야? 더구나 요즘 인기는 돈이 된다고. 안 그래?"

그때 수업 종이 쳤다.

등장하기만 해도 이목을 끄는 두 사람과 삐약거리는 병아리 같은 차여수가 돌아가자 비로소 좀 조용해졌다. 곧 교실로 들어온 선생님이 교과서의 한 작품을 설명하기 시작했으나 머리에 전혀 들어오지 않았다. 나는 어느 순간, 최라온의 말을 곱씹고 있었다.

'사람들이 너를 좋아하는 게 얼마나 기분 좋은 일인지 알 거 아니야?'

개자식.

조롱하는 건가. 아니면 늘 그렇듯 패배자의 망상인가. 저절로 주먹에 힘이 들어갔다. 분노의 공기가 느껴진 건지, 짝이 나를 힐끔 쳐다봤다. 나는 마음을 가라앉히려고 애썼다. 애를 쓰다 보니 떠오른 건 우습게도 최유안이었다. 그 아이의 미소는 마음을 좀 편하게 만들어 줬다.

'뭐라고 했더라……'

그 애는 낯부끄러운 말을 많이 했다.

'내 편이라는 말. 그 말이 나는 참 좋았어.'

말을 듣던 순간에는 내가 언제 그랬나 과거를 헤집느라 별 느낌이 없었는데, 지금 와서는 좀 간지럽다. 방금까지 힘이 잔뜩 들어가던 주먹이 느슨해졌다.

돌려받은 말

🧑 유안

김주언을 게스트로 초대해서 한 방송은 반응이 괜찮았다. 내 학창 시절 이야기를 풀어 가는 것을 마음에 들어 한 팬들이 많았고, 처음으로 게스트를 부른 방송이었기 때문에 다들 관심을 가졌다. 원래 나는 한번 촬영한 방송은 그리 많이 돌려 보지 않는데(모니터링을 위해서 한두 번 정도 보는 게 다였다) 김주언과 함께 촬영한 것은 그 주에만 벌써 다섯 번을 돌려 봤다. 처음에는 잔뜩 굳은 채로 긴장하고 있던 김주언이 점차 편안하게 웃고 말하는 걸 보고 있으면, 또 자신에 대한 채팅이 올라오는 것을 신기해하는 걸 보고 있으면 마음이 뿌듯하고 따뜻해졌다. 김주언이 얼마나 좋은 아이인지를 사람들에게 알릴 수 있게 된 것도 기뻤다. 은혜 갚은 까치가 된 기분이었다.

'은혜 갚은 까치……'

그 말을 처음 한 건 하민영이었다. 라이브 방송이 끝난 날 밤, 하민영한테 전화가 왔었다.

"너 아주 작정을 했구나?"

"뭘?"

"은혜 갚은 까치라도 되려는 거야? 네 방송에 게스트 부르는 거 안 좋아하면서 어쩌면 그렇게 즐거운 얼굴로 걔를 불러 놓고 방송을 하냐."

"너 섭섭해?"

"섭섭한 게 아니라 웃겨서 그런다. 걔가 뭐라고 네 방송 신념까지 뒷전으로 미루는 거야?"

"그냥…… 걔한테 뭐라도 좀 해 주고 싶어."

"아이고, 네가 김주언 엄마니?"

"으…… 징그럽게 왜 그런 말을 해."

나는 그냥 그 애가 원래의 김주언으로 돌아가도록 좀 도와주고 싶을 뿐이다. 내가 질색하는 소리를 내자 하민영은 깔깔 웃었다. 웃음이 좀 잦아든 뒤에는 제법 진지한 투로, "너…… 라온 오빠가 마음 상해 할 거야." 하고 말했다. 그럴 것이다. 오빠는 몇 번이나 방송에 초대해 달라고 했으니까. 나는 한 명을 초대하면 아는 지인들을 줄줄이 초대하게 될 것 같다고 거절했다. 콘텐츠에 대한 아이디어가 완전히 소진되기 전까지는 아무도 초대하지 않을 거라고, 대신에 그런 날이 오면 오빠를 제일 먼저 초대하겠다고 거듭 말하고서야 오빠는 게스트로 불러 달라는 말을 멈추었다(대신에 자기 인스타 라이브 방송에 날 초대했다). 사실, 김주언을 초대한 방송이 끝나면 라온 오빠가 제일 먼저 연락해 올 것이라고 생각했었다. 화를 내든, 비꼬든, 아니면 이제 자기도 초대해 달라고 조르든. 그러나 오빠로부터 별다른 연락은 없었다. 자존심이 상한 것이려니 짐작은 했지만 내가 먼저 연락하는 것도 내키지 않았다. 김주언만 잘라 버린 사진이 계속 불쾌하게 마음을 건드렸다.

'역시 김주언을 초대하기로 한 건 잘했어.'

누구라도 그렇게 잘라 내져 버릴 만한 사람은 없다.

라이브 방송이 끝나고 하이라이트만 편집한 영상을 인스타에도 게시했다. 김주언을 언급한 댓글이 달렸고 디엠이 왔다. '처음에는 흉터랑 어두운 표정 때문에 인상이 별로라고 생각했는데 언니의 손을 거치고 나서 보니까 멋있어 보였다.'는 말, 친구분은 어렸을 때부터 인성이 완성된 사람인 것 같다.'는 말, '나도 저런 친구가 있었으면 좋겠다.' 는 말. 김주언을 향해 쏟아지는 좋은 말들과 응원을 캡처해서 보내 줬다. 답장은 한참 뒤에 왔다.

💬 고마워.

빛과 어둠의 스펙트럼 속에서 지금의 김주언은 어디쯤 머물러 있을까. 초등학생 시절의 김주언이 완전한 빛 가운데 있고, 사고 후의 김주언이 어둠의 한가운데 있다면 지금은 과연. 나를 다시 만난 뒤의 김주언은 과연.

생각에 생각을 거듭하다가 갑자기 웃음이 슬쩍 삐져나왔다. 이게 뭐 하는 거람. 하민영의 말이 맞다. 나는 김주언에게 은혜 갚은 까치가 되고 싶거나 아니면 좀 징그럽지만 모성애 같은 게 샘솟는 걸지도 모른다. 이도 저도 아니라면 어쩌면(이건 좀 별로이긴 하지만) 누군가를 돕는 위치에서 보고 싶은 것인지도 모른다. 남을 돕는 착한 나 자신에게 매료되는 그런 거 말이다.

'에이, 이건 아니지. 너무 좀 그렇다.'

뭐, 마음의 종류와 근원이 무엇이든 간에 내게도 김주언에게도 나쁠 것은 없었다. 나는 다시 한 번 김주언에 대한 댓글들을 보면서 다음번에는 어떤 방식으로 김주언에게 보탬이 될지 궁리했다. 새로운 힌트가 떠오른 것은 며칠 뒤였다.

서정 언니한테 연락이 왔다. 서정 언니는 스물세 살 모델이고, 〈MZ GOLD HANDS〉에서 내 모델로 섭외가 된 뒤 알고 지내게 되었다. 언니는 원래 모델로서는 딱히 두각을 드러내지 못했는데, 집안이 금수저라 명품 플렉스 방송을 하면서 조금씩 알려지다가 작년에 케이블 방송 패널로 출연하면서 약간 4차원적인 매력으로 바짝 인기를 끌고 있었다.

💬 이안아, 다음 주 금요일 저녁에 용산에서 수비랑 온팀,
챠니화니, 리아리아 만나는데 같이 볼래?

수비, 온팀, 챠니화니, 리아리아는 인터넷 방송을 하는 유튜버이자, BJ였다. 극단적인 외향형에다가 다른 사람들의 방송에 기웃거리는 걸 좋아하는 서정 언니가 여기저기 찔러 보면서 구축한 친목 모임이었다. 사실 따로 카톡방도 있는데, 나는 사는 곳이 춘천이라 자주 보기 어렵다는 이유를 핑계 삼아 방을 나온 상태였다. 그 때문에 이들 사이에서 모임이 잡히면 이렇게 언니가 내게 따로 연락을 하곤 했다.

💬 춘천에서 ITX 타면 용산까지 한 번에 올 수 있잖아. 이번에는 오랜만에 얼굴 좀 보자.

거리도 거리이고, 이런 관계에 딱히 욕심이 있는 것도 아니었다. 하민영과 라온 오빠는 이런 모임은 잘 챙겨서 나쁠 것이 없다며 웬만하면 좀 다니라고 다그쳤고, 자기들을 데려가라고도 했었다. 그런 말에 솔깃한 적이 없었는데, 이번에는 좀 구미가 당겼다. 언니가 추가로 한 제안 때문이었다.

💬 혼자 오기 심심하면 친구랑 같이 와! 네가 처음으로 방송
에 부른 그 친구 데려와도 좋고. 그 얼굴에 흉터 있는 애.

김주언을 데리고 오라는 제안은 매력적이었다. 친목 모임에 오는 인플루언서들은 전부 게스트를 초대하는 방송을 자주 하는 사람들이었고, 김주언과 친해지면 그 애를 자기 방송에 초청할지도 모른다. 어울리는 사람들이 이렇게 한 명 한 명 늘어나고, 혹시 방송을 통한 노출로 어릴 때처럼 많은 사람들에게 애정을 받게 되면 김주언도 기뻐할 것 같았다.

나는 서정 언니가 보낸 메시지를 여러 번 들여다보다가 일단은 생각해 보겠다고 답을 했다. 이후, 학교에서 김주언을 만나서 직접 물었다.

"너, 먹방 유튜버 온팀 알아?"

김주언이 고개를 끄덕였다.

"온팀이랑 인플루언서들 몇 명 모이는 모임이 있거든……. 그 사람들이 네가 내 방송 나오는 거 보고 친한 친구면 같이 오는 게 어떻겠냐고 해서. 너 혹시 생각 있으면 같이 갈래……?"

다시 만난 지 얼마 되지 않았을 때의 김주언이라면 단 칼에 거절했겠지만, 최근의 김주언이라면 그러겠노라고 응해 올지도 모른다고 생각했다. 내 친구들과 어울리는 것도, 내 방송에 나오는 것도 결국에는 승낙하지 않았나. 말을 꺼내 놓고 슬쩍 눈치를 살폈다. 김주언은 가만히 눈을 내리깔고 나를 쳐다보다가 쉽게 고개를 끄덕였다.

"그러지 뭐."

어…… 하지만 이렇게 바로 승낙할 줄은 몰랐다. 조금 미간을 찌푸리고, 곤란한 미소를 지은 뒤에 천천히 '생각 좀 해 볼게.'라고 말하는 게 내가 상상했던 반응이다.

내가 놀랐다는 표정으로 "어, 어." 하고 버벅거리자, 김주언은 덤덤하게 말했다.

"내 편이라는 말. 나한테도 인상 깊은 것 같아."

아…….

발가락이 간지러웠다. 예상치 못한 말을 들었기 때문인지 말문이 막혔다. 아니, 숨이 막히는 건가? 어쨌든 숨이 꽉 차오르는 기분이었다. 나는 다시 빛과 어둠의 스펙트럼을 생각했다. 어디 즈음에 이 애는 서 있을까. 재회한 날부터 지금까지 김주언은 늘 상냥한 미소를 짓고 있었다. 그

밑에 깔린 우울의 그림자는 좀 가신 것 같기도 했다. 그러나 그냥 내가 김주언의 낯에 익숙해졌기 때문일 수도 있다. 이것저것 가늠하다가 결국은 아무것도 찾지 못하고 먼저 고개를 돌렸다. 기분은 꽤 괜찮았다.

그들의 사생활

주언

용산에 가는 날이었다. 아빠는 어색한 얼굴로 눈을 슬쩍 피하면서 툭 용돈을 내밀었고, 나는 무뚝뚝하게 받아 들었다.

"역까지 못 태워다 줘서 어쩌지."

아빠는 사고 이후로 운전대를 잡지 못했다. 몇 번인가 시도하기는 했지만 운전석에 타는 순간부터 손이 바르르 떨려서 몇 미터 가지도 못하고 시동을 꺼야 했다. 엄마는 그날 이후로 운전하기를 거북해했다.

"재밌게 놀고, 조심히 다녀와라."

덤덤하게 말하는 아빠의 목소리 끝이 왜인지 조금 떨렸다.

"네가 멀리 놀러 나가는 게 얼마 만이니!"

엄마의 목소리에 기쁨이 묻어났다. 내가 사고의 그림자에서 벗어나고 있다고 느끼는 모양이었다. 나는 가끔 이토록 괜찮은 부모님 밑에서 어떻게 이렇게 나약하고 비뚤어진 내가 나온 것일까 하는 생각을 했다. 태어나서 처음 겪는 거대한 시련이기 때문인지, 아니면 그전까지는 몰랐던 나의 기질적인 연약함과 비열함이 큰 상실을 통해 비로소 겉으로 드러난 것인지 모르겠다.

"다녀올게."

용산역에서 최유안을 만나기로 한 건 10시였고, 나는 9시 50분에 도착했다. 10시가 되기 직전, 최유안에게서 15분 정도 늦을 것 같다고 카톡이 왔다.

💬 아침부터 좀 이상한 일이 있어서ㅠㅠ 미안. 빨리 갈게.

최유안은 정확히 15분 뒤에 도착했고, 우리는 서둘러

ITX 열차를 탔다. 자리에 앉고 나서 보니까 최유안의 안색이 좋지 않았다. 놀라서 질려 있는 사람 같았다.

"무슨 일인데?"

최유안은 물을 몇 모금 마신 뒤에 아침에 있었던 일을 조곤조곤 말하기 시작했다.

"아니, 서울에 올라간다는 게 너무 신나서 아침부터 옷도 여러 벌 매치해 보고, 머리도 공들여서 드라이를 하고 있었거든? 한참 분주하게 움직이고 있는데 아침에 산책 나갔던 엄마가 뭘 들고서 들어오는 거야."

엄마가 들고 있던 것은 품에 꽉 차는 정도의 꽤 큼직한 빨간색 상자였다고 한다. 최유안은 협찬 물건이 온 것으로 생각하고 송장 스티커를 찾아봤는데 상자 어디에도 부착되어 있지 않았다. 대신 상자의 한 면에 검은 매직으로 크게 "이안 님께"라고 쓰여 있었다는 것이다. 인근에 사는 좀 극성맞은 팬이려니 했는데 소름이 돋은 건 상자를 연 순간이었다.

"상자 안에는 빨간 장미 한 다발이랑 내 사진이 여러 장 들어 있었어. 세어 보니까 스무 장이더라."

사진은 인터넷에서도 쉽게 구할 수 있는 것들이었지만,

그걸 굳이 인화해서 당사자에게 보낸다는 게 이상했다. 최유안은 말을 하면서 몸을 부르르 떨었다.

"그냥 극성 팬이라고 하기에는 뭔가 좀 찝찝해."

"편지 같은 건 없었어?"

"응."

최유안은 모처럼 좋았던 기분을 그 의문의 상자가 망쳐 버렸다면서 투덜거렸다. 우리는 기차에 있는 내내, 과연 그 선물은 이상한 또라이가 보낸 것일지, 아니면 센스가 너무 없는 극성맞은 팬이 보낸 것일지를 토론했다. 또, 혹시 최근 근처에 수상한 사람은 없었는지, 이런 찝찝한 일이 다시 벌어지면 어떻게 하면 좋을지도 얘기를 나눴다. 그러다 보니까 금방 용산역에 도착했다. 기차에서 내리면서는 최유안도 나도 좀 신이 나기 시작했다. 찝찝한 일은 곧 잊혔다.

택시를 타고 예약된 식당에 도착했다. 고급스러운 분위기의 중식당이었다. 예약된 자리로 안내해 주는 아르바이트생이 대번에 이안을 알아봤다. 최대한 호들갑을 자제하면서 자기가 정말 팬이라서 그러는데 혹시 식사 끝나고 사진을 같이 찍을 수 있겠느냐고 물었다. 그 아르바이트생은 예약된 객실 문 앞에 서서 잠깐 나를 쳐다봤다.

"아……! 이번에 이안 님 방송에 나왔던 친구분이죠!"

팬이라는 게 그냥 하는 말은 아니었던 모양이다. 학교 밖에서 모르는 사람이 나를 알아보는 것은 처음이었다. 조금 당황스럽기도 하고, 살짝 고양감이 느껴지기도 했다. 최유안이 이따 꼭 사진을 찍어 주겠노라고 약속을 한 뒤에야 우리는 예약된 방으로 들어갈 수 있었다.

문이 열리자 세 사람이 보였다. 100만 구독자를 보유한 먹방 유튜버 온팀과 화려하게 치장한 두 여자가 자리에 앉아 있었다. 검은 단발머리에 큰 링 귀걸이를 한 미인이 자리에서 일어나 두 팔을 벌리며 우리를…… 아니, 이안을 환영했다.

"오랜만이야, 이안아! 근 1년 만에 만나는 것 같다."

최유안은 그 여자를 마주 안으며, 서정 언니, 하고 반갑게 인사했다. 이름을 들어도 누군지 잘 모르겠다고 생각하고 있는데 옆의 다른 여자와 유튜버 온팀이 내게 먼저 인사를 건넸다.

"반가워요! 이번에 이안 방송에 나온 친구 맞죠? 흉터 보니까 맞네. 저는 모델 이수비예요. 모델 일만 하는 건 아니고 인터넷 방송도 종종 하고, 인스타로도 이것저것 하고 있고."

"안녕하세요. 저는 먹방하는 유튜버 온팀입니다. 이안이랑 방송에 같이 나온 거 재밌게 잘 봤어요."

슬슬 긴장이 되었다. 특히 온팀과 눈이 마주칠 때는…… 어쩐지 내가 악플을 달았던 적이 있는 것 같아서 마음이 불편해졌다. 그가 내 행적을 알 턱이 없지만, 그냥 생리적인 불편감이 불쑥 올라왔다. 도둑이 제 발 저린다는 말이 딱 들어맞았다. 어색하게 미소를 짓자, 온팀은 오히려 하하 웃었다.

"조명 없이 보니까 확실히 인상이 살짝 무섭긴 하네요. 흉터가 깊어. 이안은 이걸 어떻게 그렇게 감쪽같이 감췄지?"

"그 정도 하니까 〈MZ GOLD HANDS〉 6회까지 살아남은 거죠."

이후, 자연스럽게 서로 돌아가면서 소개를 했다. 그들끼리는 이미 서로를 잘 알고 있었으니, 나를 위한 소개 타임이었다. 다들 이름 앞에 '~을 하는' 하고 수식어를 길게 붙였는데, 나는 딱히 할 말이 없었다. 결국 "이안 친구 김주언입니다."라고 나를 소개했다. 그 말은 내가 이 자리에 어울리지 않는 사람이라는 걸 알려 주는 꼬리표 같았다. 명품 태그가 달린 물건들 사이에서 아무도 모르는 촌스러운 브랜드 태그를 단 허접한 물건이 된 기분이었다.

'이제 겨우 만남의 시작인데 벌써 이렇게 뒤틀려 있으면 안 돼.'

애써 스스로를 다스려야 했다. 민망한 소개가 끝난 뒤에 새로운 사람들이 속속 도착했다. 음악 방송을 하는 남성 듀오 챠니화니(본명은 박찬, 김환희다)와 길거리 노래방 방송 BJ 리아리아였다. 하나같이 유튜브 알고리즘에 가끔 뜨는 사람이었다. 인터넷 상의 유명인사를 한자리에서 보다니 실감이 나지 않았다.

맛있는 음식들이 나오고, 오가는 대화도 풍성해졌다.

"아니, 근데 다들 궁금해하는 건데…… 둘이 사귀는 건가……? 에이 설마 그건 아니지?"

의외의 질문에 순간 움찔할 뻔했다. 최유안이 과장되게 웃었다.

"그런 질문 시청자들도 하더라고. 근데 그런 건 아니고요, 우린 그냥 찐친!"

"진짜로 이 친구가 그렇게 멋있고 대단했어?"

최유안은 신이 나서 내가 어떤 애였는지를 설명했다. 방송에서는 시청자들의 얼굴이 보이지 않았지만, 지금은 이안의 말을 듣는 사람들의 표정이 보였다. 다들 미소를 짓고 있었는데, 서너 명은 조금 비꼬는 듯한 미소였다. 설마, 하는 그런 표정이었다. 그들은 금세 흥미를 잃고 자기들의 이야기로 화제를 전환했다.

"형, 근데 차 바꿨죠? 얼마 전에 인스타 올린 거 봤어요."

온팀이 챠니에게 물었다. 그는 씩 웃으면서 차키를 테이블 위에 툭 올렸다.

"아우디 A6."

챠니화니 나이가 몇이라고 했더라. 20대 초반 아니었나. 그 나이에 자력으로 아우디를 끈다는 건 인생 저당 잡힌 카푸어가 아닌 이상, 복권에 당첨되지 않는 이상, 주식이나 코인으로 크게 한 방을 터뜨린 게 아닌 이상은 어려운 일이었다.

"와, 진짜 죽인다."

온팀은 챠니가 보여 주는 차 사진을 열심히 들여다봤다. 그러나 그렇게 놀라워하는 온팀도 성인만 되면(온팀은 우리와 동갑이었다) 얼마든지 고급 외제차를 구입할 수 있을 것이다. 케이블 TV 방송도 나가고 있고, 구독자도 100만이 넘지 않는가. 듣기로는 100만 구독자가 넘는 인플루언서는 인스타에 광고 하나만 올려도 몇천 만 원을 받는다고 들었다. 아닌 게 아니라, 실제로 온팀의 옷과 신발, 클러치는 전부 명품이었다.

'이러니 개나 소나 다 방송하겠다, 인플루언서 되겠다 하지.'

갑자기 최라온이 생각났다. 속으로 혀를 쯧, 찼다.

"리아리아는 이번에 뭐 음악 케이블 예능 패널로 들어간다고 하지 않았나? 기사 떴던데."

"아, 네. 틱톡에서 조회 수가 좀 터졌거든요. 거기서부터 입질이 오더니 드디어 방송 섭외도 들어오네요. 출연진들이나 프로그램 포맷이 특출난 건 아닌데 어쨌건 텔레비전 방송이니까 기대는 좀 되더라고요. 원래 방송 타면 팔로어 더 늘잖아요."

"방송 타면 장난 아니지. 이안도 방송 몇 번 타고 나서 엄청 떴잖아."

리아리아는 중고등학교 시절 중소 기획사의 연습생을

187

거쳤지만 데뷔도 못 했는데, 틱톡이랑 인스타를 통해서 인기를 얻고 20대 초반의 나이에 방송에서 러브콜이 오는 것 자체가 너무 놀랍다면서 감격스러워했다. 가만히 듣고 있던 온팀이 자기도 먹방을 시작하기 전까지는 그저 많이 먹는 식충이에 불과했다며 흡족하게 웃어 보였다.

점점 이 공간이 불편해졌다. 나는 뭘 기대하고 이 자리를 따라온 건가. 분명 어렴풋한 기대감이 있었다. 좀 더 밝은 내일로 나갈 수 있는 시도, 그런 거 말이다. 그러나 기대와는 달리, 모든 상황이 나의 뒤틀린 부분을 자극했다. 이 중 누구도 악의가 없을 텐데도 그랬다. 추잡한 열등감은 마주할 때마다 기분이 더러웠다.

쾅!

소음과 함께 식탁이 덜컥 움직였다. 갑자기 조용해졌다. 사람들은 나를 쳐다봤다.

"아……."

그때야 나는 내가 식탁의 다리 하나를 걸어찼다는 걸 인지했다. 얼굴로 열이 몰렸다. 자기 마음 하나 컨트롤하지 못하고 몸으로 반응한 꼴이라니.

"다리 다친 후유증으로 가끔 움직임이 조절이 안 될 때가 있어요."

순식간에 만들어 낸 거짓말치고는 그럴듯했다. 사람들은 딱하다는 표정으로 고개를 끄덕였다.

"아, 맞다. 나 얼마 전에 제품 하나 광고했던 거 알죠?"

온팀이 화제를 바꿨다. 좌중의 시선은 빠르게 온팀에게로 돌아갔다.

"다이어트 만두 있잖아. 그거로 돈 좀 벌었거든요. 근데 그게 식약처 인증 기준 미준수 뜬 게 알려져서 저 요즘 엄청 욕먹잖아요. 아니 내가 광고 들어오는 거 식약처 인증 기준까지 알아보고 해야 되냐고."

"아, 나도 그거 봤어. 욕 많이 먹길래 역시 온팀은 오래 살겠구나 싶었지. 나도 내가 광고한 화장품 쓰고 피부 트러블 났다고 책임지라는 디엠 몇 번 받아 봤거든. 그런 거 진짜 스트레스지. 인플루언서 주 수익 중 하나가 광고랑 협찬인데 안 할 수도 없고."

"광고나 협찬 때문에 욕먹는 건 그래도 괜찮지. 돈이라도 벌리잖아. 별 같잖은 걸로 욕먹는 게 얼마나 많은데. 특히 여자 인플루언서들은 성희롱에도 엄청 시달린다고. 진짜 보통 멘탈로는 못 버텨. 얼마 전에도 자살한 페북 인플루언서 한 명 있지 않았어? 걔 10대 여자애였던 것 같은데."

이번에는 인플루언서의 비운이 대화의 주제인가. 차라리 이편이 듣기 편하겠구나 싶었다. 그때 최유안이 갑자기 소리쳤다.

"아, 맞다! 저 오늘 아침에 진짜 이상한 일 있었어요!"

아까 그 이상한 선물 상자에 대한 이야기였다. 얘기를 들은 사람들은 스토커의 조짐이 보인다며 조심하라고 했다. 수비가 경험담을 쏟아내며 학을 뗐다.

"가끔 정신 나간 인간들이 들러붙는다니까. 이안이 너는 어리니까 더 만만하게 보고 찔러 보는 놈들이 있을지 몰라. 조심해. 직접적인 피해 말고도 소문도. 상대가 이상한 놈인데 유명인이라는 이유로 내 쪽 소문이 더럽게 날 수 있거든."

수비는 스토커 때문에 남자를 간 보고 다닌다는 모함에 시달렸다고 했다. 그 스토커가 겉으로는 멀끔한 게 괜찮은 회사에 다니는 직장인이었으니 자기한테 더 불리했다는 말은 그럴듯하게 들렸다. '인터넷 방송을 하는 사람'이라는 라벨과 '탄탄하고 좋은 기업에 재직하는 회사원'이라는 라벨이 주는 느낌의 차이가 분명히 있었다. 최유안은 조금 파리해진 안색으로 고개를 주억거렸다.

"야 야, 루머에 악플에 주변에 나 등쳐 먹으려는 놈들 꼬이는 거까지…… BJ더러 돈 쉽게 번다는 놈 있으면 나와 보라그래."

인플루언서의 고충, 비운에 대한 이야기는 확실히 직전의 이야기보다는 듣기가 나았다.

2차로는 분위기가 좋은 루프탑 카페에 갔다. 사실 난 식사가 끝난 시점에 이미 집으로 돌아가고 싶은 마음이 굴뚝같았다. 최유안, 아니 이안의 체면만 아니었더라면 '저는 이만.' 하고 자리를 떴을 것이다. 카페에서도 이 유명인들을 알아보는 사람들이 있었다. 이번에도 나는 혼자만 한쪽으로 빠진 상태로 작은 팬 미팅 같은 광경을 지켜봐야 했다.

헤어지기 전에는 용산역 앞에서 단체로 셀카를 찍었다. 나는 태그되지 않을 테지만 그들의 각종 SNS 계정에는 이 사진이 올라갈 것이다. 실제보다 더 감상적인 문구들이 붙어서.

'내일이 되면 나는 또 주목을 받겠지……?'

다리를 절고, 얼굴에 흉한 자국이 있는 나를 은근히 부러워하는 애들이 생길 것이다. 예전처럼.

최유안은 ITX를 타자마자 오늘 모임이 어땠느냐고 물었다. 진작부터 묻고 싶었다는 표정이었다.

"재밌었어."

"정말? 뭐 좀 기분 나쁘거나 그런 건 없었어?"

몇 가지 포인트가 떠올랐다. 그러나 말을 할 수는 없었다.

"기분 나쁠 게 뭐 있어. 그냥 인터넷에서 짤로 보던 사람들이랑 직접 만나는 게 신기하고 재밌고 그랬어."

최유안은 그제야 안심하는 눈치였다.

"주언아, 오늘 만난 사람들이 나중에 너 방송 게스트로 부르겠다고 하면 할 거야?"

"글쎄."

"뭐든 장단점이 있겠지. 네가 뭘 하든 널 응원해. 나는 그냥 네가…… 행복했으면 좋겠어……. 아! 그렇다고 지금 안 행복해 보인다는 건 아니고……."

뭐라 대답하기가 어려웠다. 슬쩍 말을 피하려는 요량으로 그냥 미소만 지었다. 최유안은 더 묻지 않고, 조용히 눈을 감았다. 잠시 후에 그 애는 잠이 들었다. 잠이 든 얼굴을 가만히 바라봤다. 콧잔등을 가로지르는 약간의 주근깨, 감은 눈두덩이 위의 짙은 쌍꺼풀 선, 눈에 띄게 검은 피부……. 나도 모르게 그 애의 얼굴에서 뭔가를 찾고 있었다.

'이렇게 가만히 보면 확실히 어릴 때 얼굴이 있어.'

이 애가 '도깨비 최유안'이라는 게 여전히 실감이 나지 않곤 했다. 어릴 때는 말도 별로 없고, 다른 애들의 못된 말이나 장난을 별다른 반응 없이 묵묵히 받아넘기는 아이였다. 방송을 능숙하게 해내고, 친구들과 몰려다니는 지금 모습을 보면 같은 아이라고는 상상도 할 수 없다. 그렇기 때문인지 요목조목 살펴본 얼굴에서 찾은 어린 날의 최유안은 새삼 반가웠다.

잠시 동안 그렇게 잠든 얼굴을 내려다보다가 곧 다시 좌석에 등을 깊이 묻었다. 잠은 오지 않았다. 하릴없이 오늘 만난 인플루언서들의 인스타 아이디를 검색해 봤다. 리아리아와 챠니는 벌써 오늘 사진을 업로드했다. 피드를 보다 보니, 올라온 사진들이 왠지 익숙하게 느껴졌다.

'나 혹시 얘네한테도 악플 남긴 적 있나……?'

불현듯이 떠오른 생각에 내 활동 목록 속 댓글 탭을 훑어 내려갔다. 그때였다.

"너 인스타 아이디 없다며."

갑자기 귓가에 울리는 최유안의 목소리에 심장이 덜컹 내려앉았다. 언제 깼을까? 최유안이 내 얼굴과 폰 화면을 번갈아 바라보았다. 나는 한 박자 늦게 폰 화면을 껐다.

"아……. 사실…… 있는데 잘 안 들어가……. 그냥 내 공간으로 소소하게 쓰고 싶어서 사람들한테는 안 한다고 하고. 계정도 비공개 계정이라."

나는 내가 무슨 말을 하고 있는지도 모른 채 줄줄 변명을 늘어놓았다. 다행히 최유안은 대수롭지 않게 생각하는 것 같았다. 장난스럽게 웃으면서 자기한테도 끝까지 안 알려 줄 거냐고 물었다.

"지금은 그냥……. 다른 사람이랑 SNS 교류할 생각이 없어서……."

내 얼굴이 너무 경직되어 있지 않기만을 바랐다. 최유안은 아쉬운 기색으로 고개를 끄덕였다. 다만 나중에 인스타를 본격적으로 하게 되면 제일 먼저 자기랑 맞팔을 해야 한다고 내 다짐을 받아낼 뿐이었다. 그제야 조금 안심이 되었다.

'와, 진짜 깜짝 놀랐네.'

위기를 넘겼음에도 심장이 사납게 쿵쿵거렸다. 난 피곤한 척을 하면서 창문에 머리를 기대고 눈을 감았다. 암전된 세상은 아까의 장면을 반복하면서 왠지 모를 불안감을 부추겼다.

그 애의 사생활

👤 유안

춘천역에 도착했을 때 시간은 저녁 6시였다. 역에서 버스를 타고 동네 근처에 이르렀을 때는 6시 20분 즈음이었다. 늦은 시각이 아니었고, 서로의 동네가 인근이었는데도 (내리는 정류장도 세 정거장 차이였다) 김주언은 집 앞까지 데려다주겠다고 했다. 오늘 아침에 있었던 이상한 선물 상자가 신경 쓰인다고 걱정스러워했다. 나는 극구 만류하고 먼저 버스에서 내려 혼자 돌아왔는데, 아까 기차에서 본 김주언의 인스타 계정 때문이었다.

real_kju_3. 익숙했다. 게다가 끝에 붙은 3은 뭐란 말인

가. 보통 인스타 아이디에 숫자를 붙이면 거의 출생년도이거나 생일, 그게 아니면 의미가 깊거나 좋아하는 숫자였다. 그 애가 숫자 3을 좋아했던가. 어떤 의미도 없다면 숫자는 순서의 표시일 가능성이 컸다. 꼭 끝이 뾰족한 바늘을 삼킨 것처럼 뭔가가 따끔따끔 거슬렸다.

'계정이 여러 갠가?'

인스타 계정을 여러 개 쓰는 경우는 흔했다. 보통은 이상할 것 없지만, 김주언은 인스타는 물론 다른 SNS도 하지 않는다고 하지 않았나. 그런데 계정을 여러 개 갖고 있다는 건 수상하다.

'저 아이디를 어디서 봤지?'

구글링을 해 봤지만 나오는 게 없었다. 김주언의 말대로 비공개 계정이라서 그런 모양이었다. 계속 생각을 하고 있는데 하민영에게서 디엠이 왔다.

> ✈ hm_zer5 야, 방금 온팀 스토리에 너랑 김주언이랑 같이 찍은 사진 올라왔는데 말이지······.
>
> ✈ hm_zer5 이거 뭔데. 나 빼놓고 김주언이랑 둘이서 인플루언서 모임 갔어?

✈ hm_zer5 챠니화니도 있네? 야, 너 내가 환희 오빠 좋아

하는 거 알잖아. ㅠㅠㅠㅠ

디엠을 보다가 번쩍 떠올랐다. 두어 달 전에 하민영
이 씩씩거리면서 나한테 보여 준 악플이 있었다. 내 게
시 글에 올라온 댓글이었다. 뭐라더라. 토할 뻔했다고 했
나……? 하민영은 그 악플러가 전에도 나한테 악플을 단
걸 본 적이 있다고 열불을 냈다. 그때 그 악플러의 아이디
가 이런 느낌이었던 것 같은데.

'에이, 말도 안 돼.'

그럴 리가 없다. 김주언이 내 사진에 악플을 달다니. 내
가 아는 김주언은 상냥하고, 정의롭고, 따뜻하고, 밝은 빛
같은 애다. 예기치 못한 사고로 많은 걸 잃었으니까 우울
할 수도 있고, 불안할 수도 있지만 다른 사람한테 마구잡
이로 나쁜 말을 뿌리고 다닐 만큼 비열해질 수는 없다. 나
는 계속 그럴 리 없다고 생각하면서도 내 인스타 게시 글
에 달린 댓글을 하나하나 살폈다. real_kju_3이라는 아이
디는 찾을 수 없었다. 아니, 그 댓글 자체가 없어졌다. 삭
제된 것이다.

◁ **2_a.n.** 민영아, 너 예전에 내 게시 글에 달렸던 악플 기억나?

◁ **hm_zer5** 말 돌리기냐?

◁ **2_a.n.** 아니, 나 진짜 급해서 그래. 그때 너 악플 캡처하지 않았나?

그때 하민영은 상습범은 증거를 모아 놔야 한다면서 캡처를 했었다.

◁ **hm_zer5** 그럴걸? 삭제했을지도…….

잠시 후에 하민영이 사진을 보내왔다. 의외로 사진이 여러 장이었다.

◁ **hm_zer5** 너한테 이 아이디로 달렸던 게 두 개였는데, 내가 다른 인플루언서 피드 구경하다가 이 아이디 또 발견해서 같이 캡처해 놨어. 혹시 얘 더 심해지면 너 고소하고 싶을지도 모르니까 뭐든 남기면 좋겠다 싶어서.

캡처본에 있는 아이디는 아까 기차에서 본 김주언의 계정 아이디 real_kju_3이 확실했고, 그 아이디가 단 댓글은 모두 악의가 다분한 불쾌한 내용이었다. 확인을 하고 나자 오히려 현실감이 떨어졌다. 처음에는 멍했다가 잠시 뒤에는 가슴이 펄펄 뛰었다.

'왜? 대체 왜 이런 짓을 한 거지?'

계정에 숫자가 붙은 걸로 봐서는 아이디를 돌려 가면서 이 짓을 하고 있다는 뜻일 수도 있다. 자기한테 어떤 해도 끼치지 않은 이에게 이런 짓을 한다고? 김주언을 도무지 모르겠다. 김주언은 대체 왜 나와 어울린 걸까? 내가 들이대서 어쩔 수 없이?

'아니면……. 그 애도 나를 이용하고 싶었을까?'

나의 유명세를 이용하려는 사람은 많았다. 최라온처럼 아예 작정하고 들러붙으려는 경우도 왕왕 있었다. 가끔 기분이 상해도 어쩔 수 없는 일이라고 생각했다. 사람은 원래 이기적이지 않나. 초등학생도 자기 안위를 지키기 위해, 또는 재미를 위해 또래를 괴롭히고 따돌린다. 그러니 자기 주변의 좋은 것들을 이용하는 건 어쩔 수 없는 일이다. 그러나 김주언은 아니어야 했다. 그 애는 내 인생의 터닝 포인트였고, 외롭고 힘들었던 어린 최유안의 빛이었다.

'내가 꼭 네 편 들어 줄 게.'

그렇게 말했던 김주언은 과거에만, 어쩌면 내가 가꿔 놓은 기억에만 존재하는 것일까? 생각은 깊어지다가 과거의 상처를 헤집는 지경까지 치달았다. 이유 없이 욕을 먹던 시절의 기억이 야금야금 덮쳐 왔다.

'이 개 같은 기억은 도무지 없어지지를 않아.'

집에 다다를 즈음이 되자 견딜 수 없이 슬퍼졌다. 잘 놀고 왔느냐는 엄마의 질문에 대답하지 않고, 방으로 들어왔다. 책상과 컴퓨터 주변에 촬영 장비와 온갖 화장품들, 협찬 물건들과 팬이 보내 준 선물들이 잔뜩 늘어놓아져 있었다. 벽에는 연예인, 인플루언서와 찍은 사진, 그들의 사인이 붙어 있었다. 그걸 그냥 멍하니 보고 있는데 인스타 알림이 왔다. 라온 오빠 디엠이었다.

◁ lion_choe 좋은 데 갔네? 여기도 네 친구 데려갔냐.

온팀의 스토리를 캡처한 사진도 같이였다. 이 오빠도 온팀을 팔로잉하고 있었던 모양이다.

201

✈ **lion_choe** 너 사람 너무 차별한다. ㅋㅋㅋㅋㅋ

저절로 한숨이 나왔다. 모든 게 다 스트레스였다. 그대로 핸드폰을 꺼 버렸다. 그러자 세상도 같이 꺼졌다. 조금 숨 쉴 틈이 생겼다.

조바심

주언

토요일 저녁, 버스에서 헤어진 뒤로 최유안에게서는 연락이 없었다. 덕분에 재밌었다고, 걱정되니까 도착하면 연락을 달라고 먼저 메시지를 보냈는데도 연락이 없었다. 전화기도 꺼져 있었다. 아침에 받았다는 수상한 선물 상자가 생각나 덜컥 겁이 났다. 하민영의 카톡으로 최유안과 연락이 안 된다고 메시지를 보내기까지 했다. 하민영은 걔가 무슨 일곱 살 어린애냐면서 핀잔을 줬고, 방금 전까지 연락됐으니까 집에 들어가서 쉬고 있을 거라고 했다.

● 걔 여기저기서 메시지 너무 많이 와서 스트레스 많은 날
  은 그냥 폰 꺼 놔.

  문제는 다음 날에도 따로 연락이 오지 않았다는 것이
다. 전화도 신호는 가는데 받지 않았다. 걱정된다고 문자
를 보내고 나서야 한참 뒤에 "괜찮아. 방송 콘텐츠 짜느라
좀 바빠서." 하고 답이 왔다. 그 뒤에도 스몰토크를 이어
갔으나 답이 오는 텀도 길고, 내용도 어쩐지 좀 부실했다.
바쁜가 보다, 피곤한가 보다, 생각하기는 했으나 인스타
하는 걸 들킨 일이 계속 마음에 걸렸다.
  '그 순간에는 내 말을 믿는 눈치였는데…….'
  나중에 곱씹어 보니 영 께름했을 수도 있기는 하다.
SNS를 안 한다고 한 세 번은 말했으니까.
  월요일이 되었을 때, 난 그 애가 교실로 찾아오기를 기
다렸다. 최유안은 한 번도 찾아오지 않았다. 반 애들한테
물어 혹시 내가 화장실을 간 사이 다녀갔는지 확인까지 했
다. 그전까지 최유안은 꽤 자주 우리 반으로 찾아왔었다.
오지 않는 날도 있기야 했지만.
  '오늘이 그런 날인가 보지.'

내일은 내가 반으로 찾아갈 작정이었다. 그렇게 마음을 먹는데 문득 내가 먼저 최유안의 반에 찾아간 적이 없다는 걸 깨달았다.

화요일. 3교시가 지났지만 최유안은 오지 않았다. 그 애의 친구들도 오지 않았다. 그러나 최유안이 찾아오는 시간대는 주로 점심시간이었으니, 아직은 기다려 볼 만했다. 애써 태연한 척 앉아서 눈에 들어오지 않는 영어 단어를 외우고 있는데, 갑자기 또 차여수가 다가왔다.

"주언아! 나 그거 봤어."

앤 뭘 또 봤다는 말인가. 멀뚱히 쳐다보자 그 애는 눈을 샐쭉 접으며 웃었다. 좀 귀찮고 당황스러웠던 마음이 누그러졌다. 차여수에게 괜히 장난을 걸고, 은근히 수작을 부리는 남자애들이 몇 명 있는데 왜 그러는지 알 만했다. 애가 확실히 귀여웠다.

"나 리아리아 팔로우하거든."

리아리아도 토요일에 우리가 만난 사진을 업로드한 터였다. 차여수는 사진 보니까 온팀도 있고, 챠니화니도 있던데 너도 이제 정말 유명인의 반열에 들어가는 거 아니냐면서 혼자 호들갑을 떨었다.

'얘는 MBTI가 틀림없이 ENFP겠군.'

그런 생각을 하고 있는데, 차여수가 갑자기 내 팔을 툭 쳤다.

"넌 왜 그렇게 심드렁해? 이런 거 잘 이용해 볼 생각 없어? 이안이랑 방송도 했고, 이안 인스타 피드에도 올라갔고, 이 사진에 있는 사람들 계정에도 다 사진이 올라갔으면 조금만 뭘 해도 조회 수랑 팔로어는 어느 정도 보장이 될 텐데. 게다가 이안은 네 부탁이면 합방이다 뭐다 다 들어줄 게 분명하고."

"아…… 뭐……. 아직은 별생각이 없어서."

차여수의 말대로 최유안은 그럴 것이다. 차여수는 내가 적극적으로 흥미를 보이지 않는다는 게 답답하다는 것처럼 제 가슴을 콩콩 두드렸다. 그러더니 갑자기, 있잖아, 하고 한결 더 부드러운 어조로 말을 꺼냈다. 그렇지 않아도 마주 보고 있던 얼굴은 더욱 가까워졌다.

"나도 유튜브 채널이랑 인스타 있는 거 알지?"

저번에 하민영과 최라온이 반에 찾아왔을 때도 제 입으로 말했으면서 왜 뜸을 들이나 싶었다.

"알아, 너 틱톡도 간간이 올린다며."

"응응. 나 나름대로 열심히 하거든. 근데 그게 열심히 한다고 다 터지는 건 아니잖아."

인플루언서 시장은 이미 잔뜩 과열된 상태였다. 어지간 한 센스와 자극 없이는 빵 터지기가 어렵다.

"그래서 말인데……. 내가 이안을 진짜 좋아하기도 하고…… 또 그 애도 메이크업을 콘텐츠로 방송하니까 합방하면 너무너무 좋을 것 같아서."

이즈음 되자 원하는 바가 명확하게 다가왔다. 어쩜 이리 뻔뻔한가 싶으면서도 또 살살 웃는 모습을 보면 하긴, 그럴 수도 있지, 하는 생각이 들었다.

"이안한테 내가 따로 인스타 디엠도 보내고 팔로우도 했는데 답이 없더라고. 아마 메시지가 엄청 들어와서 보기가 쉽지 않은 것 같아. 그래서 말인데 주언아, 혹시 네가 이안에게 나를 좀 소개시켜 줄 수 있을까?"

지난주에 이 말을 들었다면, 말이야 뭐, 못 할 것도 없지,라고 생각했을 것이다. 문제는 지금은 적당한 타이밍이 아니라는 거였다. 곤란해하는 기색이 느껴졌는지 차여수는 민망한 듯이 웃었다.

"좀…… 그런가……? 미안해. 내가 보기보다 이거 엄청 간절해서……. 한 번만 도와줄 수 없을까? 그럼 내가 진짜 진짜 맛있는 밥 쏠게."

사실 지금 걔랑 좀 어색해서, 그 말이 목구멍까지 올라왔는데, 문제는 막상 말을 하려니까 기분이 너무 이상했다. 굳이 이름을 붙이자면 수치심이랄까. 사람들이 보고 부러워하는 내 껍데기가 벗겨져 나가는 느낌. 그리고 알 수 없는 불안감도 스멀거렸다.

"요즘 잘 못 보기는 하는데 만나면 얘기해 볼게."

대충 그 정도로 둘러댔다. 확실한 게 없는 말에도 차여수는 아주 기뻐했다. 꼭 말해 주는 거다? 하고 거듭 물으면서 손가락을 걸고 약속까지 했다. 그 애의 작은 손가락이 잠깐 붙었다가 떨어지는 걸 조금 망연한 심정으로 보게 되었다.

'일단 최유안을 만나긴 해야겠다.'

없다고 했는데 사실은 있었던 인스타 계정 때문에 섭섭해하는 건지, 아니면 그냥 정말 바쁘고 피곤할 뿐인데 내가 지레짐작으로 예민하게 반응하는 것인지부터 좀 알고 싶었다.

결국 점심시간이 되어도 최유안은 교실로 찾아오지 않았고, 나는 7교시 쉬는 시간에 최유안의 반을 찾아갔다. 그 반의 애 중 한 명이 나를 보더니 알은체를 했다.

"어? 야, 너 이안 친구지? 얼굴에 흉터 보니까 알겠다. 이안 방송에도 나왔던 애잖아."

실실 웃으면서 손가락으로 흉터를 가리켰다. 그 애의 얼굴에 악의는 없었지만 좀 기분이 나빴다. 그 애는 내가 당연히 최유안을 만나러 왔으리라고 생각했는지 묻지도 않고 그 애를 불렀다. 나를 발견한 최유안은 순간적으로 표정이 굳었다. 어색하게 다물리는 입술과 빠르게 깜빡거리는 눈꺼풀을 고스란히 목격했다. 예상했던 것보다 더 노골적인 반응이었다. 거짓말 좀 했다고 이렇게까지 반응할 일인가 싶었다. 그제야 나는 혹시 뭔가 다른 이유가 있는 건 아닌지 생각했다.

"어쩐 일이야?"

목소리는 여상했다. 특별히 거리낌이 느껴지지는 않았다. 대답을 하려는데, 순간적으로 뭐라고 말을 해야 하나 싶었다. '못 본 지 좀 되어서.'라고 하기에는 지난 토요일에 봤고, '연락이 뜸해서.'라고 하기에는…… 일단 내가 메시지를 보내면 답은 다 돌아왔다. 그렇다고 다짜고짜 '혹시 내가 뭐 잘못한 거 있어?'라고 묻자니 너무 과한 느낌이었다. 결국 나는 가장 무난한 대답을 했다.

"그냥. 궁금해서."

"아……."

"혹시 금요일에 학교 끝나고 저녁 먹을래?"

"토요일 저녁에 방송해야 돼서 콘텐츠 짠 거 정리하느라 바쁠 것 같은데 어쩌지……."

정말일까, 아니면 핑계일까. 일단 낯빛은 미안해 보이는 기색이었다.

"그러면 토요일에 같이 카페에서 만날래? 나도 공부 좀 하게."

두 번째 요청에 최유안은 좀 머뭇거렸다. 곤란한 것처럼 입을 몇 번 달싹거리다가 곧 뭔가를 결심한 사람처럼 곧게 쳐다보면서 고개를 끄덕였다.

"그래, 토요일에 카페에서 보자."

약속을 잡았으니, 할 말이 있다면 그날 나올 것이다. 개운하면서도 어딘가 찝찝한 이상한 마음으로 돌아오는 길에 복도에서 누군가 내 어깨에 친한 척 팔을 턱 올렸다. 아까 교실 문 앞에서 나에게 알은척했던 애다.

"야, 너 혹시 이안이랑 사귀냐?"

"뭐?"

"아니, 뒤에서 애들이 그러더라고. 지난 토요일에 같이 놀러 갔다며."

방송이며 놀러 간 거며 다 사실이기는 한데, 그걸 왜 생판 모르는 너한테 들어야 한단 말이냐. 이안이야 공인 비슷한 거라고 할 수 있겠지만 나는 뭣도 아니었다. 사생활이 당연하게 가십이 되는 건 익숙하지 않았다.

"그냥 친구야."

인상을 쓰고 어깨에 걸쳐진 팔을 밀어내자 상대는 좀 주춤했다. 돌아서 걸어가는데 뒤에서 허, 참, 하고 혀를 차는 소리가 들렸다.

"뭐야, 존나 예민하네. 절름발이 새끼가."

불안

김주언을 만나는 걸 언제까지고 피할 수는 없었다. 그
러나 토요일에 나갈 준비를 하면서 나는 여러 번 머뭇거렸
다. 어떻게 말을 시작해야 할지 여러모로 궁리했으나 모든
문장이 다 마음에 들지 않았다.

'너 나한테 악플 달았니?'

'혹시 처음부터 나 이용하려고 작정했던 거야?'

'지금의 김주언은 도대체 어떤 사람이야?'

생각하다 보면 감정이 격해졌다. 부디 면전에 대고 '어
떻게 네가……' 하는 신파극 같은 대사만 하지 않기를 바

랄 뿐이었다.

심란한 마음과 상관없이 시간은 흘러갔다. 현관을 나서는데 문 앞에 뭐가 툭 채였다. 뭐야, 하고 시선을 내리는 순간 등골이 오싹했다. 일주일 전에 받았던 것과 같은 빨간 상자였다. 입 밖으로 욕이 튀어나왔다. 주변을 휘둘러 봤으나 아파트 복도는 텅 비어 있었다.

일단은 상자를 들고 다시 집으로 들어왔다. 상자 사이즈는 저번보다 작았다. 전에는 한 품에도 안기 버거운 크기였다. 혹시 몰라서 상자를 열기 전에 핸드폰 카메라를 켰다. 뭐가 되었든 찍어 두었다가 상황을 봐서 영상으로 공개해야겠다는 생각이 들었다. 상대방이 이게 스토킹이라는 걸 모르는 멍청이라면 제 행동이 뭔지 일깨워 줄 필요가 있었다. 자꾸 이런 식이면 증거를 모아 법적 대응도 불사하겠다는 의지를 보여 줄 셈이었다.

'조회 수 엄청 터지겠네.'

동영상 버튼을 누르고 상자를 열었다.

안에는 하얗고 단정한 옷이 들어 있었다. 펼쳐서 보니, 원피스였다. 상자 바닥에는 편지도 있었다. 내용은 불쾌할 게 뻔해서 좀 고민을 하다가 편지를 펼쳤다. 한컴 기본

글씨체가 정갈하게 인쇄되어 있었다.

TO. 이안 님

이안 님, 안녕. 〈MZ GOLD HANDS〉 때부터 이안 님
을 지켜봐 온 팬입니다.
〈MZ GOLD HANDS〉에서 큰 눈을 깜빡거리면서 도
톰한 입술을 지그시 물고 열심히 경쟁하던 모습에 반
했고, 개인 방송에서 진심을 다해 소통하고 일하는
모습에 또 반해서 여태까지 좋아하고 있어요. 방송
후원도 많이 하고, 이안 님 홍보 제품은 무조건 구입
하고, 인터넷 커뮤니티에 이안 님 글도 올리고 하면
서 응원하고 있습니다. ean_husband라는 아이디를
쓰는데 기억하는지 모르겠네요. 라이브 방송 때 내가
올린 채팅을 읽어 주기도 했었는데. ㅎㅎ

최근에 이안 님이 친구들과 어울리는 모습들을 많이
봤어요. 아, 오해하지 마요. SNS에 뜨는 사진이나 방

송을 통해서 안 거니까.

처음엔 부럽기도 하고, 이안 님 행복한 모습을 보니까 좋기도 했는데, 조금씩 걱정도 되더라고요. 요즘 세상이 워낙 흉흉하니까……. 친구라고 해서 다 믿을 수 있는 건 아니잖아요.

생각해 봤는데, 저만큼 이안 님을 응원하는 팬이라면 곁에서 이안 님을 지켜 주고, 실질적으로 도움이 되어야 한다는 마음이 들더라고요.

진짜 뭘 더 바라는 게 아니라, 그냥 좀 가까운 팬이자 친구로 지내자는 거예요.

저는 이안 님의 다른 친구들과 달리, 오랜 시간 이안 님을 적극적으로 응원해 온 팬이기도 하니까 '믿을 만한 친구'가 될 수 있을 거예요.

그런 의미에서 선물을 준비해 봤어요.

먼저 보낸 장미랑 사진은 너무 강렬했던 거죠?

분리수거장에 버린 장미를 보고 너무 부담스러웠다는 걸 알았어요.

꽃은 아무래도 의미를 담는 경우가 많으니까.

그래서 이번에는 그냥 좀 차분한 원피스를 보내 봐
요. 조만간 실제로도 만나 우정을 나눴으면 좋겠는
데, 그때 입으면 정말 좋겠어요.
괜찮다면 인스타 아이디 ean_husband로 디엠 줄
래요?
기다리고 있을게요.

P.S. 아, 인스타 아이디가 좀 부담스러울 수 있겠다.
일방적인 팬이 아니라 서로 교류하는 친구 사이가 되
면 아이디도 바꿀 거니까 너무 불편해하지 말기!

    편지를 읽는 내내 속이 메스꺼웠다. 간신히 마지막 글
자까지 읽고 편지를 구겨서 싱크대 안으로 던졌다. 그러나
증거로 편지를 남겨 놓는 게 좋겠다는 생각이 들어서 다시
꺼내어 잘 폈다.
    "미친 새끼. 지랄이 풍년이다."

혼자 북 치고 장구 치고 다 하는 또라이가 우리 집 문 앞까지 왔다는 생각을 하자, 도저히 밖으로 나갈 수가 없었다. 그 와중에 김주언이 자기는 이미 카페 근처라고 톡을 보냈다. 하는 수 없이 김주언에게 전화를 걸었다. 가타부타 설명 없이 집 주소를 알려 주고, 문 앞까지 와 달라고만 말했는데도 뭔가를 알아차렸나 보다.

"지금 택시 타고 갈 테니까 문단속 잘하고 있어."

그 말을 듣자, 잔뜩 긴장했던 어깨에서 힘이 슥 빠져나갔다.

'그날…… 혹시 내가 자다 깨서 잘못 본 게 아닐까?'

이미 숱하게 반복했던 생각을 다시 또 불러온다. 물론, 난 잘못 보지 않았다.

'얘는 정말…… 이상해……. 나보고 어쩌란 거야…….'

나는 거실 소파에 등을 기대고 가만히 김주언을 기다렸다. 20분 즈음 지났을 무렵에 전화가 왔다.

"나 지금 아파트 공동 현관 앞인데, 벨 누를 테니까 열어 줘."

"그냥 벨 누르지 뭘 전화를 했어."

김주언은 잠시 머뭇거리다가 대답했다.

"······갑자기 벨 울리면 놀랄까 봐."

상냥하고 사려 깊은 태도는 나를 괴롭게 했다. 나는 일부러 힘을 꽉 주어 공동 현관 버튼을 눌렀다. 잠시 뒤에 문 밖에서 "나야." 하고 말하는 게 들렸다. 이번에도 혹시 내가 놀랄까 봐 벨을 누르지 않은 것이리라. 문을 열자 커다란 흉터가 가로지르는 얼굴이 보였다. 얼핏 보면 험악하고 자세히 보면 징그러운 그 흉터를 보자 놀랍게도 깊은 안도감이 들었다. 불쑥 차오른 눈물 방울이 속눈썹 끝에 위태롭게 맺혔다.

"괜찮아?"

김주언의 목소리는 급했고, 눈에는 염려가 가득했다. 내가 보기에 그건 '진짜 내 편'에게서만 나올 수 있는 모습이었다. 순간 나는 모든 것을 다 덮고 이 애가 어릴 때와 같은 내 편이라고 믿고 싶었다. 아무런 대답을 하지 않자, 김주언은 몸을 살짝 숙여서 눈높이를 맞추었다.

"괜찮아?"

사람 눈은 거짓말을 못 한다는 말이 있지 않나. 이 눈의 어디가 나를 나쁘게 할 눈인가.

정신을 차리고 보니, 나는 볼썽사납게 흐느끼면서 머릿

속으로는 열심히 김주언을 변호할 이유들을 찾고 있었다. 직전까지 혼란스럽고 고통스럽던 마음은 손바닥 뒤집듯이 1초 만에 돌아섰다. 아, 간사해라. 김주언이 내게 악플을 단 일을 무의식 저편으로 묻어 버리기로 완전히 결심한 것은 바로 그 순간이었다. 나는 내가 가장 힘들 때, 유일하게 따뜻했던 내 편을 절대 포기할 수 없었다. 그때와 같은 눈빛으로 나를 염려하는 이 애를 어떤 이유에서든 지금은 버릴 수 없었던 것이다. 내 인생에 햇살과도 같던 그 따뜻한 추억은 생각보다 힘이 강했다.

"무서워서…… 그래서……."

"알아. 걱정돼서 뛰어왔어. 이제 괜찮아. 무서워할 거 없어."

그러고 보니 이마에 땀이 송골송골 맺혀 있다. 가슴도 들썩이고, 호흡도 가쁘다. 뛰면서 다리가 아프지는 않았을까. 힐긋 쳐다본 다리는 멀쩡했지만 사실은 통증이 있을지도 모른다. 그 다리를 생각하자 더욱 이 애를 놓을 수 없다. 나는 다짐하듯이 속으로 여러 번 되뇌었다.

'어쨌든 지금은……. 아직은 아니야.'

나는 괜히 카페 테이블 모서리를 손으로 매만졌다. 김주언은 스토킹 문제로 내게 무슨 일이 생긴 건 아닌지 내내 걱정했다고 했다. "그래서 연락이 잘 안 되는 줄 알았어."라고 조심스럽게 털어놓길래, 나는 그냥 그런 척을 했다. 빨간 상자 사건이 있고 나서 내내 심란해서 너한테 좀 소원했다고 핑계를 댔다.

"그랬구나……. 나는 혹시 무슨 일이 생긴 게 아니라면, 뭔가 나한테 아쉽거나 불편한 감정이 생긴 건가 하는 생각까지 했어."

"너한테 그럴 게 뭐가 있겠어."

김주언은 잠시 뜸을 들이다가 대답했다.

"그…… 인스타 안 한다고 속인 거."

역시 이 애는 내가 뭘 알아차렸는지 짐작조차 하지 못했다.

"그게 뭐 대수라고."

그건 큰일이 아니었다. 다른 게 문제지.

김주언은 잠깐 말없이 빨대로 얼음을 뒤적거리다가 은근슬쩍 말을 돌렸다.

"그건 그렇고……. 너 이런 일, 전에도 있었어?"

"좀 과격하거나 예의 없는 사람들이야 늘 있지만 이렇게 정신 나간 인간은 처음이야. 머리가 복잡해서 콘텐츠를 짤 수 있을까 싶어. 이번에 비건 립밤 광고 들어온 것도 찍어서 인스타 올려야 하는데."

김주언이 눈살을 찌푸렸다.

"이럴 때는 좀 쉬어야 하는 거 아니야?"

나는 또라이 하나 때문에 방송을 쉰다는 게 영 찝찝했다. 게다가 그 징그러운 인간이 휴방의 이유가 자신이리라고 짐작할지도 모른다. 저 때문에 심란해한다고 즐거워하든, 속상해하든. 물론, 휴방을 지독하게 싫어하는 팬들 눈치도 보아야 했다. 어떤 이유로든 예견된 방송을 쉬는 날에는 기분 나쁜 댓글이 꼭 달렸다. 돈을 쉽게 번다, 프로의식이 떨어진다, 팔자 좋다, 팬들 생각은 안 한다 등등. 하기야 평범한 직장인의 경우에는 심란한 일 좀 있다고 결근을 할 수 있는 건 아니니까 이해는 한다.

"그래도 해야지."

나는 아이패드를 꺼냈고, 김주언은 왜인지 그런 나를 물끄러미 바라봤다.

"왜?"

"아, 그냥 갑자기…… 좀 궁금해서."

"뭐가?"

"너도 뭔가 더 이루고 싶은 게 있나, 하는 생각이 갑자기 들었어."

그 질문은 정말 뜬금없었다. 말문이 막혀 버린 탓에 나는 멍청하게 눈만 끔뻑거렸다. 김주언은 머쓱해했다.

"아니…… 방금 그런 기분 나쁜 일이 있었는데도 덤덤하게 할 일을 하는 걸 보니까 불쑥 든 생각이었어."

그냥 툭 떠오른 거니까 대답 안 해도 돼,라고 덧붙인 말이 묘하게 찝찝했다.

"글쎄…… 요즘은…… 잘 모르겠어. 너는 어때? 너는…… 이루고 싶은 게 있어……? 되고 싶은 거나."

되물으면서도 아마 김주언 역시 대답하지 못할 거라고 짐작했다. 마음에 강한 동기나 열망이 있는 사람은 다른 사람의 인생에 굳이 찾아가서 태클을 걸지 않을 테니까. 그 짐작은 마음을 아프게 했다.

김주언은 내 반문에 당황스러워했다. 나를 쳐다보던 시선을 갑자기 유리컵으로, 그다음에는 카페 유리 벽 너머의 풍경으로 옮겼다가 곧 포기한 것처럼 대답했다.

"초등학교에 입학할 무렵부터 열여섯 살 때까지 축구만 보면서 살았어. 그걸 영영 잃어버린 뒤로는 미래나 꿈 같은 건 생각할 수가 없어."

이제껏 김주언은 내 앞에서 늘 사람 좋은 얼굴을 하고 있었다. 순간적으로 표정이 깨어지는 순간을 제외하고는 전부 어릴 적의 김주언 같은 모습이었다. 여전히 상냥하고, 여유 있는 그런 모습. 그런데 지금은 그렇지 않았다. 빛이 꺼져 버린 눈빛이었고, 영혼에 입은 상처가 슬그머니 드러난 낯빛이었다. 이게 지금의 김주언이었다. 마음속에 묻어 두기로 작정한 악플러 김주언이었다.

"다른 거…… 뭐가 될 수 있겠어. 하고 싶은 게 없는데."

"주언아."

"그래서 네가 좀…… 부럽네."

잠깐의 머뭇거림. 그 사이에 숨겨진 뭔가가 있었다. 부러움만 있는 건 아니었다.

환히 빛나던 김주언을 기억하는 사람이라면, 그런 김주언을 참으로 좋아하고 동경했던 사람이라면 억장이 무너질 만했다. 내 마음이 그랬다. 이 애는 어느 정도의 어둠에 잠겨 있는 걸까? 어릴 적, 외톨이였던 나보다 심한 어둠인가? 그럴지도 모른다.

"주언아, 나는 어릴 때 너처럼 되고 싶었어. 지금도 그래. 그 생각에 변함은 없어."

말이 급하게 튀어나왔다.

순간 메마른 눈빛이 나를 파고들었다.

'나 같은 패배자의 어느 부분을 보고……?'

그 애는 아무 말도 하지 않았지만 꼭 그렇게 묻는 것 같았다.

'네가 내게 그랬듯 나도 누군가에게 힘을 주는 사람이 되고 싶어.'

그 말이 턱까지 차올랐다. 차마 말하지 못한 건, 내 대답이 김주언을 더욱 수렁으로 끌어내릴까 봐 무서워서였다.

"미안해……."

잠시 뒤에 김주언은 꼭 제정신을 차린 사람처럼 민망하게 웃었다.

"진짜 미안. 또라이 같은 놈한테 스토킹을 당하고 있는 너한테 할 말이 아니었는데."

"아냐, 괜찮아."

나도 가까스로 웃었다.

"너 오늘도 내 편이었잖아. 아까 바로 집까지 찾아와 준 거 너무 고마웠어."

"그게 뭐 별거라고."

비로소 김주언은 한결 편하게 미소를 지었다. 그러나 나는 여전히 마음이 아팠다. 한편으로는 뭔가가 더 터질 것 같다는 막연한 불안감을 느꼈다. 언제라도 폭발할 수 있는 휴화산의 느낌. 달갑지 않은 직감이었다.

♡ ◯ ◁

이후로는 비 온 뒤 맑음과 같은 날들이었다. 김주언과도 다시 잘 지낼 수 있었고, 2주 동안 스토킹의 조짐은 보이지 않았다. 인스타 아이디 ean_husband는 바로 차단했다. 조금 거슬리는 일이라면, 라온 오빠 문제가 있기는 했다. 오빠는 인플루언서들과 만나는 자리에 자기가 아니라 김주언을 데리고 간 일로 자주 툴툴거렸다. 그런 자리에 관심 있는 게 누구겠느냐고 당연히 저를 껴 줬어야 한다고 따지는 게 뭐라도 맡겨 놓은 듯한 태도였다. 그것 말고는 특별히 나쁠 거 없는 일상이었다.

225

그럼에도 나는 때때로 정체를 알 수 없는 불쾌감을 느끼곤 했다. 길을 가다가 문득 거미줄이 팔에 휘감기는 것 같은 그런 느낌, 미지근한 콜라를 마시는 것 같은 끈덕지고 요상한 느낌이 스쳤다가 금세 사라지는 일이 몇 번 있었다.

'또라이가 날 지켜보고 있는 건 아니겠지?'

두 번이나 상자를 놓고 사라진 스토커를 상상하지 않을 수 없었다. 처음 그런 찝찝한 느낌이 들었을 때는 김주언과 같이 경찰서도 찾아갔다. 그러나 경찰은 직접적인 피해를 본 사실이 없고, 그 사람이 딱히 협박을 한 것도 아니고, 상자도 집 안에 들여놓고 간 게 아니라 문 앞에 두고 간 거라서 당장 해 줄 수 있는 게 없다고 했다. 주변 순찰을 강화하겠다는 말이 내가 들은 최선의 답변이었다. 법이 그렇고, 절차가 그렇다는데 뭘 어쩌겠는가? 일단은 그냥 돌아올 수밖에.

여하튼 간혹 불쾌감을 느낄 때마다 혹시 정말 누군가 나를 지켜보고 있는 게 아닐까 생각하게 되는 것이었다. 신경이 조금씩 긁히는 느낌이었지만 이걸 친구들에게 구구절절 말할 생각은 없었다. 하민영은 온갖 호들갑을 떨게 분명했고, 라온 오빠는 이마저도 대중의 관심을 끌 수단으로 생각할 것 같았다. 김우영과 김정인은…… 또 바보 같은 소리를 해 대서 맥이 빠지게 할지도 모른다. 그렇지 않아도 피곤한데 굳이 더 고달픈 상황을 만들고 싶지 않다.

그래, 느낌만이 전부고 더 이상한 일이 생기지 않았다면 정말 떠벌리지 않았을 것이다.

또다시 이상한 일이 생겼을 때는 공교롭게도 친구들과 같이 있는 상황이었다. 급식을 먹고 나서 모두 함께 그늘막을 쳐 놓은 운동장 벤치에 앉아 있었다. 김주언도 같이 있었다. 여름방학이 얼마 안 남았다는 이야기, 방학 때다 함께 당일치기로 부산을 놀러 갔다 오자는 이야기가 오갔다. 그 와중에 라온 오빠는 은근히 김주언을 물고 늘어졌다.

"주언아, 너 진짜 SNS 할 생각 없어?"

라온 오빠 질문에 김주언은 눈에 띄게 당황했다. 인스타 아이디가 있다는 걸 나한테 들켰기 때문일 것이다.

"이안이 그렇게 밀어주는데 아무것도 안 하는 거 아깝잖아."

"오빠, 내가 밀어주긴 뭘 밀어줘요."

뉘앙스가 또 이상해서 나도 조금 정색을 하고 대답했다. 오빠는 아랑곳하지 않고 결백한 미소를 지었다.

"에이, 이안아. 솔직히 아니라고는 하지 말자. 같이 방송도 하고, 유명 인플루언서끼리 모이는 모임에도 같이 가고. 이 정도면 밀어주는 거지. 이 정도면 뭐 거의 '김주언의 인플루언서' 아니냐?"

또다시 이 얘기. 정말 단단히 마음이 상한 모양이었다. 물론, 나도 나대로 기분이 나빴다.

"무슨 말을 그렇게 해요. 주언이 부담스럽게."

너 우리한테는 한 번도 그렇게 안 해 줬잖아.

"아니, 오빠. 이안이한테 뭐라도 해 줬어요? 왜 그렇게 이안이 덕을 보려고 그래요."

보다 못한 하민영도 같이 핀잔을 줬다. 이러면 어지간해서는 꼬리를 내리거나 민망해하거나 하다못해 화라도 낼 텐데, 과연 오빠는 고단수였다. 아랑곳없이 더욱 유들유들하게 대꾸했다.

"네가 그렇게 말하면 나 섭섭하다. 민영이 너야말로 얘 덕 많이 봤잖아. 이안 협찬받거나 광고 들어오는 물건 있으면 하나씩 달라고 해서 받아 가고, 이안 절친 타이틀로 이안 팬들도 너 좋게 보고, 커버 댄스 올리면 이안한테 홍보해 달라고 부탁도 하잖아."

오빠가 말한 것들은 다 친구로서 해 줄 수 있을 만한 것들이었다. 다만 오빠의 말투와 지금의 상황 때문에 꼭 하민영이 나를 구워삶아서 저 좋을 대로 이용하고 있는 것처럼 들렸다. 만약 나나 하민영이 '친구로서 부탁하고, 친구로서 해 준 거예요.'라고 항변한다면, 오빠는 '그럼 나는? 나도 친구로서 섭섭하다고 얘기한 거야.'라고 말하면 그만일 터였다. 그 덫을 알아차리고, 하민영은 얼굴이 벌게졌다.

"오빠. 오빠는 진짜 꼬리 아홉 개 달린 구미호 같아요."

"어, 알아. 나 생긴 것도 그렇고, 성격도 그래서 팬 많잖아."

정말 고단수다. 우리 중에 제일 기가 세다. 옆에서 김우영이 박수를 쳤다,

"와, 형님 1승. 민영아, 이번 판은 네가 졌다."

시비가 걸린 나와 김주언은 말 한마디 제대로 못 해 보고 판이 끝났다. 민영이도 어디 가서 말발로 밀리는 애는

아닌데 오빠는 못 당해 내는구나 싶었다.

그때 핸드폰에서 문자 알림 소리가 들렸다. 정말 생각지도 못한 내용이 찍혀 있었다.

💬 이안 님, 안녕. 두 번째 선물도 잘 받았지요? 디엠 오는 거 기다리고 있었는데 연락이 없어서 못 참고 내가 디엠 보냈어요. 근데 안 읽네? 혹시 나 차단했어요?

또라이가 다시 움직이기 시작했다. 한 구절 한 구절 다 소름이 끼쳤다. 나도 모르게 "미친 또라이 새끼……." 하고 욕을 중얼거렸다. 시선을 들자 김주언과 눈이 마주쳤다. 다음 순간 김주언의 눈길이 내 폰에 가 닿았다.

"야, 최유안. 아무리 그래도 형한테 미친 또라이 새끼가 뭐냐."

불쑥 내뱉는 욕설을 듣고 김정인이 놀란 표정으로 나를 나무랐다. 라온 오빠도 그 순간만큼은 웃음을 잃고 낯빛을 굳혔다. 김주언만이 뭔가가 잘못되었음을 알아차렸다. 그리하여 이 또라이 스토커에 대해 털어놓지 않을 수 없게 된 것이었다.

두 개의 선물 상자와 갑자기 날아든 문자에 대해 말해 주자 애들은 앞다투어 다채롭게 욕을 했다. 스토킹이 낯선 것은 아니라도 설마 제 친구가 당하고 있으리라고 생각할 만큼 빈번한 범죄도 아니었다. 그 때문인지 애들은 과하게 고양되었다.

"야, 근데 네 번호는 어떻게 안 거야?"

나라고 알 턱이 있나? 이러다 혹시 정말 내 앞에 불쑥 나타나는 건 아닐까? 상상만으로도 소름이 돋았다. 저절로 몸이 부르르 떨렸다. 그때 김주언이 내 등에 살짝 손을 얹었다.

"혹시 모르니까 이따 집에 갈 때 데려다줄게."

고마운 제안이었다. 때마침 한 번 더 문자 알림이 왔다.

💬 나랑 좋은 친구로 알고 지내는 거 진짜 잘 생각해 봐요.
조금 더 기다려 볼게요.

조금 더 기다린다고? 그럼 그 이후에는? 더욱 아찔해졌다. 나는 일단 애들의 말대로 문자를 보낸 번호를 차단했다. 그 순간 문득, 이것도 무시하면 정말 집 앞에서 기다리고 있는 건 아니겠지, 하는 끔찍한 생각이 머리를 스쳤다. 아무래도 조만간 다시 경찰서에 들러야 할 것 같았다.

종례가 끝나고 바로 김주언의 반으로 가는 중이었다. 그 애한테 전화가 왔다. 담임 선생님이 진로 면담을 하고 가라고 했다는 것이다.

"몇 분 걸릴지 모르겠어. 좀 기다릴래?"

혼자서 집에 가는 건 영 내키지 않았다. 그렇지만 내가 기다리고 있으면 김주언도 담임 면담을 편하게 하지 못할 것이었다. 지난 주말의 냉소적인 눈빛이 떠올라 더욱이 진로 면담을 방해할 수 없었다. 축구를 영영 잃어버린 뒤로는 뭔가를 하고 싶다는 생각을 할 수 없다는 그 말이 아직도 아프게 기억났다. 나는 일부러 쾌활하게 대꾸했다.

"그럼 오늘은 그냥 먼저 갈게. 아직 대낮인데 무슨 일 있겠어?"

말을 하고 보니까 정말 괜찮을 것 같기도 했다. 혹시 낌새가 이상하면 김정인이나 김우영을 부르지 뭐, 싶은 마음도 있었다. 그렇게 교문을 나서는데 공교롭게도 라온 오빠와 마주쳤다. 오빠는 왜 김주언이 옆에 없는지 의아해했다. 이유를 말하자 오빠는 장난스럽게 웃으면서 에휴, 한숨을 쉬었다.

"어쩔 수 없네. 이왕 마주쳤으니까 내가 같이 가 줄게."

오빠의 웃는 낯을 보니, 이미 같이 가겠다고 결정을 내린 것 같았다.

오빠가 버블티를 사 줘서 하나씩 들고 마시면서 길을 걸었다. 그 와중에 오빠는 또 인증 샷을 찍겠다며 굳이 나랑 바짝 붙어 서서 셀카를 찍어 댔다. 좀 더 친해 보이게 붙어라, 손가락 하트를 해 달라, 이것저것 요구하더니, 기어코 본인 마음에 드는 사진을 한 장 건져서 인스타에 올렸다. 거기까지는 괜찮았는데 오빠가 올린 게시 글을 보니 사진 아래에 쓴 글이 뜨악했다.

♥ ☺ ⊿   🔖

이안의 안전한 귀가를 위한 동행

#스토킹은 #범죄입니다 #이안수비대

#스토커조심 #안전귀가 #인기인의고통

그 아래로 벌써 댓글이 달렸는데, 이안이 스토킹을 당

하고 있느냐고 걱정하는 내용이었다. 하마터면 오빠한테 생각이 있는 거냐고 소리를 칠 뻔했다. 내 얼굴이 굳는 걸 느꼈는지, 오빠가 눈치를 살폈다.

"왜? 뭐 마음에 안 들어?"

"오빠……."

거친 단어를 피하기 위해서 잠시 뜸을 들였다.

"이렇게 올리면 어떡해요. 저 스토킹당한다고 광고할 일 있어요?"

"야, 이런 건 널리널리 알려야 더 안전한 거야."

"확신할 수 있어요? 더 위험해지면 어떡해요."

내가 더 화가 나는 건, 오빠의 속내가 빤했기 때문이었다.

"오빠 솔직히 이슈 만들어서 주목받으려는 거잖아요. 아니면 뭐 스토킹당하는 친구를 도와주는 멋있는 남자 이미지를 만들고 싶은 거예요? 가끔 당황스러워요. 오빠가 나를 정말 친구로 생각하나? 그냥 나를 이용하고 싶은 거 아닌가?"

그 말들이 오빠의 귀로, 머리로 흘러들어가고 있는지 알 수 없었지만 나는 계속 쏘아 댔다. 더 할 말을 찾지 못

하고 씩씩거리고 있을 때 오빠는 대답했다.

"그렇게 화가 난다면 지울게."

오빠는 바로 게시 글을 삭제하고 보여 줬다. 그건 저번에 김주언만 잘라 낸 사진을 올렸을 때를 생각나게 했다. 그때도 나는 오빠에게 따졌고, 오빠는 결국 사진을 삭제했다. 삭제하면 없던 일이 되나? 정말 몰라서 이러나?

"오늘은 그냥 혼자 갈게요."

돌아서는 등 뒤에서 차가운 목소리가 들렸다.

"너 너무 예민하다."

거기서 완전히 질려 버렸다. 한마디 더 쏘아붙일 요량으로 휙 돌아보는데 오빠의 말이 더 빨랐다.

"네가 그렇게 챙기는 김주언은 뭐 다를 줄 알아? 걔가 하는 말은 왜, 아부가 아닌 거 같아? 걔는 너 이용할 줄 모르는 바보 천치겠느냐고. 그럼 나중에 가서 걔한테도 나한테 한 것처럼 반응할 거야?"

'김주언은 그런 애가 아니에요!'라고 소리치고 싶었다. 그러나 불가항력으로 악플러 김주언이 떠올랐다. 아무런 대꾸도 할 수 없었다.

나도 모르는 사이에
잃어버린 것

👤 주언

나에 대한 최유안의 태도가 어딘지 찜찜하다고 느낀 건 결국 나의 오해이고 착각이었던 걸까? 요즘 우리 사이는 전과 다름이 없었다. 이상한 것은 그럼에도 내 마음이 편치 않다는 거다. 거북함은 느껴지지 않았다. 다행인 일이었는데도 찜찜한 기분이 떨쳐지지 않았다.

'괜히 나 혼자 찔리는 구석이 있어서 그런 거지 뭐.'

그 '찔리는 구석'은 꽤 오래갔다. 그리고 그게 조금 옅어지려나 싶을 즈음에 차여수가 잊고 있던 약속 아닌 약속을 상기시켰다. 그 애는 늘 그렇듯이 밝고 사랑스러운 표정과 말투로 다가왔다. 나도 모르게 마음이 한 뼘쯤 더 넓어지게 만드는 그런 기운을 그 애는 갖고 있었다.

"저기 주언아. 혹시 내가 전에 부탁했던 거 이안한테 얘기해 봤을까?"

그제야 차여수가 부탁했던 게 떠올랐다. 그간 이안의 스토커 사건에 신경을 쓰느라 그 약속은 까맣게 잊었다. 게다가 최근에 담임과의 진로 진학 면담도 있지 않았던가. 그 일도 만만치 않게 신경을 긁었던 터였다.

"이제 곧 고3이잖아. 혹시 진학을 원하는 학교나 학과나 관심 있는 분야가 있니?"

형식적인 질문에 형식적인 대답조차 하지 못했다. 최유안이 이루고 싶은 거나 되고 싶은 게 있냐고 물었을 때처럼 표정이 굳어졌다. 흉터 때문에 더욱 험악하게 보였는지 담임은 당황스러워했다.

"중학생 때까지는 축구를 했었지? 직접 운동을 하지는 못하더라도 관련 있는 학과들은 좀 있어. 재활 치료 쪽은 어떠니?"

아마 담임으로서는 최선이었을 것이다. 선생님은 내가

축구 경기는커녕, 다른 종목의 운동선수조차도 평온한 마음으로 보지 못한다는 걸, 운동과 관련된 무엇도 쳐다도 보고 싶지 않다는 걸 모를 테니.

"아무것도요. 아무것도 의미가 없어요."

그 대답은 담임을 곤란하게 만들었다.

"어…… 음……. 어떤 사람이 되고 싶다, 뭐 그런 것도 없을까?"

그 질문은 뜬금없이 최유안이 했던 말을 기억 위로 끄집어냈다. 왜인지 최유안은 다급하게 말했었다.

'나는 어릴 때 너처럼 되고 싶었어. 지금도 그래.'

그게 무슨 의미였을까. 축구 선수나 운동선수가 되고 싶다는 말은 아니었겠지.

생각이 깊어지려는 찰나, 차여수는 예쁘게 뻗은 눈썹을 살짝 찡그리고, 입술을 삐죽거렸다.

"아직 못 물어봤구나?"

당연하지 않은 것을 당연한 것처럼 요구하는데도 달리 얄미운 기분이 들지 않는 건, 역시 이 애가 갖고 있는 분위기 때문이었다. 나는 도리어 민망한 마음이 들었다. 차여수는 그것도 기가 막히게 캐치하고는 먼저 괜찮다고 말했다.

"어쩔 수 없지 뭐. 괜찮아. 아무리 친구여도 그런 부탁하기가 쉬운 건 아니니까. 내가 괜한 부담을 준 것 같아서 미안하네."

어쩌면 그건 차여수의 전략이었을지도 모른다. 저자세를 보임으로써 상대방으로 하여금 더욱 미안하게 만드는.

"아니야, 오늘 한번 물어볼게."

차여수는 미안한 듯이 눈꼬리를 샐쭉하게 내리면서도 굳이 더 사양하지는 않았다.

"그래 주면 너무 고맙고. 내가 꼭 밥 살게, 주언아."

그 애는 내친김에 약속을 잡자면서 핸드폰 달력을 켰다. 그 적극성이 내 멱살을 잡고 끌고 가는 통에 얼떨결에 방학 전날 저녁 약속을 잡게 되었다. 3주 뒤였다.

"주언아, 너 정말 좋은 애다."

차여수가 쐐기를 박아 넣듯이 말했다. 이안이 방송에서 말한 게 진짜 다 사실이라는 게 이제 완전히 믿어진다고 했다.

"처음에는 솔직히 정말 이안 말이 맞을까, 기억의 미화는 아닐까 생각했었는데 너 알면 알수록 진짜 괜찮은 애 같아. 앞으로 더 친하게 지내자."

듣기 좋은 말이었다. 최유안의 입에서 나를 칭찬하는 말이 나올 때는 사실 마음 한편이 무겁고 꿉꿉했는데, 차 여수의 말에는 그런 기분이 들지 않았다. 대신, 다만⋯⋯ 부탁을 들어줘야 한다는 부담감이 한층 더 커졌다.

스토커 문제로 신경이 곤두서 있는 최유안에게 불쑥 차 여수 일을 부탁하는 건 생각보다도 더 어려웠다. 오가는 연락과 마주침 사이에 말을 꺼낼 여러 번의 기회가 있었 지만 입이 쉽게 떨어지지 않았다. 작정하고 말문을 열어 도 전혀 다른 대화만 하다가 침묵이 찾아왔다. 가끔은 나 와 최유안 사이에 정체불명의 어색함이 감돌았고, 우리 둘 다 그걸 의식하고 있었다. 나는 처음엔 그게 온전히 내 탓 이라고 생각했다. 불편한 얘기를 하려는 특유의 분위기나 기운이 흘러나와서 최유안도 같이 불편해하고 있는 것이 라고 여겼다. 시답지 않은 이야기를 하다가 눈이 마주치는 순간들이 간혹 있었는데, 그럴 때마다 최유안은 티가 나게 시선을 피했다. 그걸 몇 번 반복해서 겪다가 깨달았다. 용 산역 이후로 느꼈던 이물감. 그게 끝나지 않은 것이다. 최유안 안에는 무언가가 똬리를 틀고 있었다.

"최유안, 혹시 나에 대해서 뭐 신경 쓰이는 거 있어?"

최유안은 조금 과장된 투로, 아니, 하고 크게 대답하면서 또 눈을 피했다. 분명 신경 쓰이는 게 있지만 절대 말해 주지 않을 것 같은 태도였다.

'최라온이랑 싸웠다더니 혹시 그 일이랑 관련이 있나? 혹시 그 형이 나에 대해서 나쁘게 말한 거 아니야? 그거 말고는 짐작 가는 게 없는데.'

진로 진학 면담으로 최유안을 데려다주지 못했던 그날, 최유안은 라온 형과 함께 갔고 언쟁이 좀 있었다고 했다. 원체 성격이 유들유들한 라온 형은 그 이후로도 평소처럼 그 무리와 잘 어울렸고, 최유안은 떨떠름해하면서도 형을 외면하거나 배척하지는 않았다. 그래서 그냥 말 그대로 '언쟁'일 뿐이지 큰 싸움은 아니었겠거니 생각했는데 혹시 그 짐작부터 잘못된 건 아닐까.

"너는? 주언이 너야말로 나한테 말하고 싶은 게 있는 것처럼 보이는데."

역시 티가 났던 모양이다. 오히려 다행이라고 생각했다. 고개를 끄덕이자 최유안은 뭐든 편하게 말해 보라고 했다. 나는 빨리 마음의 짐을 던져 버리고 싶었다.

"우리 반에 차여수라는 애가 있는데……."

얼굴을 보고 말하면 왠지 말을 조리 있게 하지 못할 것 같아서 앞을 보고 말했다. 최유안의 걸음이 느려지는 게 느껴졌다.

"인플루언서가 되고 싶대. 근데 핵심 콘텐츠를 메이크 업으로 하고 있나 보더라고."

너랑 친해지고 싶어 하더라. 거기까지 말하고 더 말을 잇지 못했다. 최유안이 단 한 마디 대답이나 '응.' 하는 간단한 반응조차도 하지 않았기 때문이었다. 괜히 머쓱해져서 "그 애가 널 엄청 좋아한대." 하고 변명처럼 덧붙였다. 최유안은 잠시 뒤에 차분히 입을 뗐다.

"차여수라는 애가 날 소개시켜 달래?"

"응. 널 동경하는 것 같더라."

최유안은 작게 한숨을 쉬었다.

"걔가 나 소개시켜 달라고 하면서 너한테 뭐 해 준다고 하디?"

말투나 억양은 딱히 공격적이지 않았다. 그런데도 나는 말의 어미 어디에선가 싸늘한 느낌을 받았다.

"뭐, 그냥……. 밥 사 준다고."

최유안은 더 이상 말이 없었다. 그 시점부터 나는 차여수의 부탁을 들어준 걸 후회했으나 이미 엎질러진 물이었다. 갑자기 더욱 냉랭해진 분위기를 가만히 견뎌야 했다. 무슨 말이라도 꺼내고 싶었지만 정말 아무 말이나 꺼냈다가는 시베리아 한복판마냥 싸늘해질지도 모른다. 그나마 다행인 건, 최유안의 집 근처에 다다랐다는 것이었다(최근에는 스토커 때문에 집 근처까지 항상 데려다주고 있었다). 최유안은 아파트 공동 현관에 서서 잘 가라는 인사 대신에 질문을 던졌다.

"걔 예뻐?"

그건 전혀 예상하지 못했던 말이라서 나는 멍청하게 최유안을 바라보다가 간신히 "어?" 하고 물었다, 이번에는 최유안이 눈을 찡그렸다.

"걔 예쁘냐고. 걔랑 밥 한번 먹어 보고 싶어서 걔 부탁 들어주는 거잖아."

이것도 갑자기 훅 들어온 펀치였다. 내가 그랬나. 그런 마음이 있었나. 차여수가 사랑스럽고 귀여운 스타일이긴 하지만……. 그래서 더 부탁을 들어주고 싶은 마음이 있기는 했지만, 그 애랑 뭘 어떻게 해 보려는 의도는 아니었다. 나는 그제야 최유안의 분노를 이해할 수 있었다. 내가 자기를 이용한다고 생각하는 거였다.

"아니, 잠깐만……. 나는 그런 게 아니라……"

일단 변명을 시작했다. 그러나 5초 만에 말문이 막혔다. 그럼 나는 왜 굳이 차여수의 부탁을 들어줬을까. 자문한 순간에 머릿속을 스치는 단어가 있었다. 허세였다. 그냥 허세였던 거다. 내가 말을 더 잇지 못하자 최유안의 말이 쏟아졌다.

"너는 그냥 쉽게 부탁하는 걸지 모르지만, 내 주변에 그런 얘기를 은근하게 해 오는 애들이 몇 명인 줄 아니? 그리고 그 부탁을 안 들어줬을 때 내가 무슨 소리를 듣는지 알아?"

짧은 순간, 최유안의 눈빛은 과거를 헤집고 있었다. 스스로 상처받을 걸 알면서도 기어코 기억 속의 말을 내뱉었다.

"저러니까 왕따를 당했지. 동남아 혼혈이라서 왕따를 당했다는 건 그냥 자격지심 아니야?"

얼굴이 화끈거렸다. 흉터가 아파 오는 것인지, 아니면

수치심이 몰려든 것인지 구분이 잘 가지 않았다. 최유안은 체념한 표정으로 한숨을 쉬었다.

"일단은 알겠어. 어릴 때 너도 날 도와줬으니까, 나도 네 부탁 들어줄게."

지금 와서 아니라고 번복하면 늦어도 한참 늦은 거겠지. 아니다, 고맙다, 미안하다 중에 갈팡질팡하다가 미안하다고 말했다. 최유안은 그렇다고 그 애와 방송을 하겠다는 건 아니라고 했다. 그냥 적절한 수준에서 알고 지내는 정도, 그 정도가 자기가 그나마 내키는 정도라고 선을 분명히 했다. 난 차여수의 부탁을 들어주기로 한 나의 경솔함을 벌써 열 번 즈음 후회하고 있었기 때문에 어떻든 상관없었다.

그 애가 아파트 안으로 들어가는 걸 보고 돌아섰을 때의 마음은 몹시 무거웠다.

'이대로 영영 멀어지면 어떡하지?'

그 애가 다른 애들과 마찬가지로 혐오스런 눈길로 혹은 아무런 감흥이 없는 시선으로 나를 쳐다보는 게 상상 속에 자동으로 재생되었다. 나를 보고도 웃지 않는 최유안의 얼굴은 너무도 낯설었다.

'안 돼……'

예전과 똑같이 나를 바라봐 주던 눈빛을 잃다니. 그건 사고 이후로 내가 새롭게 잃게 되는 것 중에 가장 가치로운 것일 터였다. 내가 지금 막 잃어버리게 된 게 무엇인지 점차 선명하게 보였다. 최유안이 나를 향해 보여 줬던 순전한 기쁨과 그때 잠깐 숨이 막히는 것 같았던 묘한 기분이 혼잡하게 떠올랐다.

최유안을 불러내고 싶었다. 아니다, 내가 그 애에게 찾아가야 한다. 다시 아파트 쪽을 향해 걸었다. 302동이 눈에 보이자 걸음이 급해졌다. 걸음이 급해지니 다시 다리를 절었다. 최유안에게 전화를 걸어서 공동 현관 앞이라고 말할 참이었다. 그 앞을 어슬렁거리는 사람이 눈에 띄었다. 검은 캡 모자를 깊이 눌러쓰고, 검은 마스크를 한 남자는 고개까지 숙이고 있어서 눈조차도 제대로 보이지 않았다. 여름인데 장갑도 착용하고 있어서 저절로 시선이 갔다.

'택배 기사인가?'

남자는 상자를 들고 있었다. 빨간색이었다.

"어?"

내 목소리에 남자도 고개를 들었다. 눈이 마주쳤다. 쌍꺼풀이 짙은 남자의 눈은 처음에는 멍한 듯이 보였으나 왜인지 곧 뭔가를 알아차린 사람처럼 크게 떠졌다. 남자의 시선이 얼굴의 흉터를 훑고 있었다.

"저기⋯⋯."

내가 말을 걸자 남자는 고개를 다시 푹 숙이고 못 들은 척, 공동 현관 앞으로 빠르게 다가갔다. 급하게 막아서자 "에이, 씨⋯⋯." 하는 신경질적인 반응이 돌아왔다.

"혹시 이 아파트에 사시나요?"

"네, 그런데요?"

남자가 모자의 캡을 한번 매만졌다. 초조한 듯이 보였다.

"몇 호요?"

"제가 그걸 왜 알려드려야 하죠?"

"최근에 이 아파트 근처에 수상한 사람이 왔다 갔다 한다는 얘기가 나와서요. 근데 그 수상한 사람이 빨간 상자를 들고 다닌다고⋯⋯."

말이 끝나기도 전이었다. 남자가 몸을 확 돌려서 뛰어갔다. 나도 반사적으로 쫓아 나갔으나, 빌어먹을 다리가 따라 주지를 않았다. 다섯 걸음을 채 뛰기도 전에 정강이

근육이 찢어진 것처럼 찌릿 아파 왔다. 볼품없이 다리를
절뚝거리면서 멈춰 서는 사이, 남자는 이미 아파트 단지
입구를 벗어나고 있었다. 그 뒤꽁무니를 보고 있자니 욕지
기가 치밀었다.

'이 X 같은 다리……!'

다리만 아니었어도 잡았을 것이다. 애꿎은 다리만 한참
노려보다가 경찰에 전화를 했다. 경비 아저씨에게도 수상
한 사람이 드나들고 있으니까 신경 써 달라고 거듭 부탁했
다. 최유안에게는 스토커를 본 것 같다는 이야기를 굳이
전하지 않았다. 오래 고민했으나, 그걸 말해서 좋을 게 없
을 듯했다. 불안감만 가중될 것이었다.

'경찰이랑 경비 아저씨가 순찰 강화도 약속했고, 내가
계속 데려다줄 거니까.'

집에 돌아올 때는 택시를 탔다. 무방비 상태로 있다가
갑자기 확 뛰어나간 탓에 다리 통증이 쉽게 가라앉지 않
았다.

'내가 아니라 최라온이나 다른 애들이 있었다면 분명히
잡았겠지. ……병신 새끼.'

괜히 죄 없는 다리를 퍽 쳤다. 기사님이 백미러로 힐끔,

눈길을 줬다가 내 흉터를 보고 후다닥 시선을 돌렸다.

♡ ◯ ◁

꿈에서 나는 초등학교 교실에 서 있었다. 수업이 다 끝
난 오후였다. 오후의 햇빛이 창문마다 스며들었다. 교실
에는 나를 제외하고는 단 한 사람만이 있었다. 어린 여자
애였다. 높게 올려 묶은 말총머리가 가볍게 흔들리고 있
었다. 그 애는 내게 등을 지고 칠판을 보고 있다가 갑자기
인기척을 느낀 것처럼 몸을 흠칫 떨었다. 그 애가 천천히
고개를 돌렸다. 어린 최유안이었다. 마른 빗자루처럼 볼
품없고, 이리저리 치이고, 왜소하고 조용한 새끼 도깨비
최유안. 가부키 화장을 한 것마냥 하얗게 동동 뜬 얼굴이
몹시도 반가웠다. 그 마음을 주체하지 못하고 인사를 건
넸다.

"안녕!"

최유안은 웃음 한 점 없는 얼굴로 나를 가만히 바라봤
다. 이 경계심 어린 얼굴이 낯설지 않다. 어릴 때의 최유안
은 나의 친절에도 불구하고 항상 이렇게 '선을 지키는 얼

굴'을 하고 있었다. 너와 나의 세계를 분리하는 눈빛. 친절
은 고맙게 여기지만 결코 기대는 하지 않는 분위기. 나는
최유안의 이런 느낌을 몹시 거슬린다고 생각했었다.

"나야. 김주언!"

어떻게든 그 분위기를 깨고 싶어서 내가 나임을 호소했
다. 나를 알아보지 못할 만했다. 최유안은 어린 시절의 모
습이었으나 나는 얼굴에 흉터가 있는 열여덟 살의 모습이
었던 것이다. 최유안은 얼마간 더 나를 가만히 바라보다가
어느 순간 씩 웃었다.

"너구나."

모든 경계가 허물어지는 미소였다.

꿈에서 깬 뒤로, 나는 최유안과의 추억을 떠올려 보려
고 노력했다. 꿈이 너무 따뜻했기 때문에 그와 비슷한 느
낌의 기억을 다시 끄집어내 보고 싶었다. 그러나 떠오르는
것은 온통 내가 그 애를 이용했던 기억뿐이었다. 상냥하게
굴고 선의를 베풀었지만, 다 나를 위한 것이었다.

'최악이야.'

나는 단 한 번도 좋은 사람이었던 적이 없다. 어린 시절
조차도.

최유안이 나의 이런 모습까지 알게 되면, 진짜로 끝이 나겠지?

최유안은 내 상상처럼 매몰차지 않았다. 학교에서 그 애를 다시 봤을 때, 멋쩍고 민망한 듯이 웃어 줬다. 나는 다시 한 번 사과를 했다.

"됐어. 대신 앞으로 다시는 그러지 마."

그 애는 장난스럽게 내 팔을 툭 쳤다. 문제는 그 태도 어딘가에서 느껴지는 얇은 벽이었다.

그건 직감이었고, 분위기였다. 마주치면 슬쩍 피해 버리는 시선에서 느낄 수 있는 기운 같은 거. 한번 그렇게 느끼고 나자, 나도 같이 어색해졌다.

나는 최유안을 데려다주는 그 시간이 우리 사이를 유지하는 끈이라고 생각했다. 어색하건 부담스럽건 그 시간만큼은 어떻게든 같이 걸어야 했고, 걷다 보면 뭐라도 이야기를 했고, 그러다 보면 또 평소처럼 웃기도 했다. 반복되면 자연스럽게 다시 예전으로 돌아갈 것이라는 기대가 있었다. 그런데, 하민영이 그 끈을 느슨하게 만들어 버리고 말았다.

"매번 주언이 혼자서 데려다주면 힘드니까 우리가 돌아 가면서 데려다주자."

모두가 동의했기 때문에 그렇게 하게 되었다. 주에 한 번꼴로 데려다주는 걸로는 이미 어긋난 분위기를 다시 되돌릴 수 없었다. 나는 혹시 최유안이 하민영에게 그런 제안을 해 달라고 부탁한 건 아닐까 의심하기도 했다. 그 애의 얼굴에서 그런 낌새를 읽으려고 애써 봤으나 딱히 드러나는 건 없었다.

이후로 우리는 번갈아 가면서 역할을 수행했다. 금요일이 되어서야 비로소 다시 내 차례가 되었다. 방학을 한 주 앞둔 시점이었다.

최유안과 둘이 돌아가는 길은 긴장이 되었다. 차여수일로 세워진 그 얇은 벽은 좀 무너졌을까. 혹시 수상한 사람이 또 나타난다면 이번에야말로 잘 잡을 수 있을까. 이런저런 생각들이 머리를 헤집었다. 최유안도 내가 곤두서 있다는 걸 느꼈는지 "네가 나보다 더 긴장하는 것 같다."고 웃었다.

"계속 별일 없었잖아. 의문의 상자도 더 이상 안 오고, 문자를 차단하고 나서는 달리 더 연락도 오지 않고. 너도 좀 마음을 내려놔. 왜 나보다 더 긴장하는 거야."

웃음기가 배어 있는 최유안의 목소리가 반가워서 무심코 툭 말을 던졌다.

"다리가 이래서…… 못 잡을까 봐."

최유안은 짧게 "아……." 하고 곤란한 목소리를 냈다. 아차 싶어서 쳐다보니, 그 애는 아주 당황한 얼굴을 하고 있었다. 여러 가지 말이 얼굴을 스쳐 지나가는 게 보였다. 미안하다고 해야 할지, 아니면 위로를 해야 할지 고민하는 듯이 보이기도 했다.

"아니, 심각하게 생각하지 마. 그냥…… 밤이라서…… 그래서 더 신경이 쓰이나 봐."

이렇게 또 하나의 벽이 만들어지는구나 싶었는데, 잠시 뒤에 최유안이 갑자기 핸드폰 화면을 켰다.

"걱정되면 방송이라도 켤까?"

좋은 생각이었다. 혹시 모를 상황을 대비하기 위해서라도, 또 어색하고 불편한 분위기를 피하기에도 좋았다. 다만 집 근처에서 라이브를 켰다가 누군가가 주소를 캐내는 일이 생길 수도 있지 않을까 염려가 되었다. 그 생각을 말하자, 최유안은 고개를 끄덕였다. 우리는 화면을 끄고 음성 라이브만 켜기로 했다.

"안녕하세요, 얌체들! 친구들이랑 놀고 집에 가는 길에 심심해서 방송 켜 봤어요. 집 근처라 오디오만 켰어요. 얼굴을 못 보여줘서 미안해요. 대신 오늘은 친구랑 전화 통화하는 기분으로 소통해 봐요! 아, 옆에는 주언이도 같이 있어요. 저번에 제 방송에 나왔던 친구요."

순식간에 천 명 가까이 불어난 시청자가 빠르게 채팅을 쳤다. 까만 화면 위로 여러 가지 이모티콘이 쑥쑥 올라왔다. 방송을 켜니까 확실히 긴장감이 줄었다. 우리는 채팅 창을 읽고 답하면서 걸었다. 금방 아파트 단지 근처에 다다랐다.

"여러분, 벌써 집 근처에 도착했어요. 여러분 덕분에 재밌게 왔어요."

최유안이 방송을 종료할 준비를 했다. 그 애의 밝은 어조를 들으면서 나는 점차로 다시 긴장했다. 집 근처 어딘가에 그 남자가 있을 것만 같았다. 좀 정신 사납다 싶을 만큼 두리번거리면서 단지 안으로 들어서는데, 저편에 모자를 눌러쓴 남자가 천천히 걸어오는 게 보였다.

"어……?"

시청자에게 인사말을 건네던 최유안도 마주 다가오는 인영을 발견하고는 서서히 멈춰 섰다. 뭔가 꺼림칙하다고 느낀 듯했다.

남자는 우리 쪽으로 거침없이 다가왔다. 너무 당당해서 스토커라고 생각되지 않았다.

'근데 실루엣이나 분위기가……'

전에 쫓다가 놓친 그놈과 비슷했다. 하지만 정말 그 남자라면 어떻게 저렇게 먼저 우리를 향해서 다가올 수 있단 말인가.

남자는 어느새 거의 근처까지 왔다. 살짝 고개를 숙이고 있었고, 마스크는 없었다. 전에 내가 본 남자는 마스크도 쓰고 있었다. 과연 이 사람이 그 사람인가. 고민하는 찰나에 불쑥, 그 사람이 최유안을 쳐다봤다. 최유안이 움찔했다.

"저기요."

남자가 말을 걸었다. 마주친 눈동자가 희번득 빛나는 것처럼 보였다.

"왜 내 연락 씹어요?"

"네?"

"좋은 친구로 지내자고 했잖아요."

더 생각할 겨를도 없이 남자의 어깨를 밀치고 최유안 앞으로 섰다. 남자가 픽 웃었다. 조롱의 의미가 다분한 웃음이었다. 내 흉터가 조금이라도 위압적이기를 바라면서 인상을 우그러뜨렸다. 남자는 태연하게 한 걸음 물러났다.

"이안 님 친구죠? 왜 이렇게 흥분해요. 제가 이안 님한테 뭐 잘못했어요? 그냥 친한 친구로 지내자는 것뿐인데."

"마음이 같아야 친구를 하지. 지금 그쪽 혼자서 일방적으로 관계를 강요하고 있잖아요. 동의 없이 주소랑 번호 알아내서 멋대로 접근하는 거 범죄예요."

"일방적인지 아닌지 그쪽이 어떻게 알지? 혹시 일방적이라고 하더라도 지금 쌍방향으로 만들려고, 얘기 나눠 보려고 온 거잖아."

남자는 내 뒤에 있는 최유안 쪽으로 시선을 옮겼다. 몸을 움직여서 그 시선을 차단했다.

"내 친구 겁먹게 하지 말고, 거기 그대로 가만히 있어."

남자를 노려보면서 핸드폰 화면을 켜고 112를 눌렀다. 남자는 하하 웃었다.

"신고하게요? 뭘로? 내가 뭐 해코지라도 한 게 있나? 지금도 그냥 지나가다가 마주친 것뿐인데?"

통화 버튼을 누르고 폰을 귀에 댔다. 그 순간 남자가 혀를 쯧 차더니 핸드폰을 빼앗으려고 했다. 붙잡으려는 팔을 쳐 내자, 남자는 거칠게 어깨를 잡았다.

"이 미친 새끼가."

나도 모르게 욕설이 나왔다. 남자는 "뭐?"라고 사납게 대꾸하더니, 발로 내 정강이를 찼다. 사고로 기능을 반쯤 잃은 오른쪽 정강이였다. 악, 하고 비명이 터졌다. 남자는 아랑곳하지 않고 같은 부분을 한 번 더 찼다. 나는 그대로 무너졌다. 쓰러진 채 무자비하게 쏟아지는 남자의 폭력을 받아 내다 보니, 이 남자가 왜 하필 오늘 나타났는지 짐작할 수 있었다.

'일부러 오늘을 골랐구나!'

도대체 어떻게 알았는지 모르겠으나, 데려다주는 사람이 '나'인 날을 일부러 노린 것이다. 지난번에 아파트 공동 현관 앞에서 마주쳤을 때, 제대로 뒤쫓지 못하는 날 보고서 내 다리 상태가 정상이 아니라는 걸 알아챈 것이다.

"그만해, 이 또라이 새끼야!"

최유안이 소리를 질렀다. 남자가 잠깐 움직임을 멈췄다.

"나 지금 방송 찍고 있어! 지금 네 얼굴도 다 라이브 방송으로 나가고 있으니까 여기서 그만해!"

아까 방송을 종료하지 않고 화면을 켠 모양이었다. 마침 경비 아저씨 두 명이 허겁지겁 달려오고 있었다. 남자는 뭐라고 욕을 지껄이더니 뒤돌아 달리기 시작했다. 최유안은 울먹이면서 나를 살폈다. 괜찮냐고 묻는 말에 아무런 대답도 할 수 없었다. 나야말로 괜찮은지 물어야 하는데, 그 말이 나오지 않았다. 다리가 부러진 것처럼 아팠으나 그보다 더 지독한 고통은 좌절감이었다.

"주언아, 다리 괜찮아? 응급실 갈까?"

최유안은 쉽게 눈물을 그치지 못했다. 큰 눈에서 뚝뚝 떨어지는 눈물을 잠깐 멍한 기분으로 바라봤다. 최유안에게 도움도 되지 못했을 뿐더러, 실망스러운 모습만 보였다. 더구나 이번에는 볼품없기까지 하다.

"구급차 부를게. 가서 검사라도 해 보자."

"그 정도는 아니야. 괜찮아."

통증 때문에 으으, 하고 앓는 소리가 나왔다. 입을 꿰매

버리고 싶었다.

"정말 괜찮아? 조금 뒤에 아플 수도 있어. 일단은 벤치에 앉아서 잠깐 쉬자."

최유안은 나를 부축해서 단지 내 공원의 벤치에 앉혔다.

"너는 괜찮아?"

내가 묻자, 최유안은 이 상황에서 왜 자기를 걱정하느냐는 듯이 쳐다봤다. 나를 측은하게 여기는 눈빛조차도 상처였다. 꼬일 대로 꼬인 속내다. 절로 입이 다물렸다.

그러나 최유안은 내가 입을 열지 않는 걸 오해했다. 어딘가 아파서 말이 없는 줄로 알고, 정말 병원을 가지 않아도 되겠는지, 다리가 제대로 움직이는지 등을 물었다. 그렇게 물을 때마다 날카로운 꼬챙이로 영혼이 후벼 파이는 것 같았다. 나는 어릴 때처럼 최유안에게 도움이 되고 싶지, 동정이나 돌봄을 받고 싶었던 게 아니다. 나를 여전히 좋게 봐 주는 그 모습을 보고 싶지, 나를 걱정하는 모습을 보고 싶은 게 아니었다.

"그만 좀 해!"

결국 나는 울컥 짜증을 내고야 말았다.

"네가 나를 더 비참하게 만들고 있잖아."

"뭐?"

나는 최악을 향해 달려가고 있었다. 속으로는 '그만해, 미친놈아!'라고 외치면서, 입 밖으로는 찌질한 말들만 내뱉었다.

"대체 나를 왜 그렇게 대하는 거야? 왜 그렇게 안절부절못하고 옆에서 꼭 보살펴 줘야 할 강아지처럼 대하느냐고. 그게 나를 더 못난 사람처럼 만들어."

최유안은 이제 당황스러운 게 아니라 충격을 받은 것 같았다. 그러나 한번 쏟아지기 시작한 감정은 브레이크가 걸리지 않았다. 머릿속에서는 발길질 한 번에 중심을 잃고 쓰러지던 내 모습이 자꾸 떠올랐다. 나는 나 자신에 대한 화풀이를 최유안에게 쏟아내고 있었다.

"너는 정말 내가 아직도 옛날의 그 김주언이랑 똑같은 사람으로 보여? 그런 척을 하려고 얼마나 애쓰고 있는지 모르지? 내 마음이 얼마나 엉망으로 꼬여 있는지 아마 너는 짐작도 못 할 거야. 잘난 너랑 네 친구들을 대할 때…… 그때 내 마음이 얼마만큼 비참해지는지, 속으로 어떤 생각을 하는지도 모르겠지. 너 같은 인생을 사는 애는 아마 그럴 거야."

충격으로 새파랗게 질린 최유안의 얼굴이 점차로 차분
해졌다. 덤덤하게 가라앉는 표정이 몹시도 차갑게 느껴졌
다. 그리고 그 애는 표정만큼이나 차분한 어조로 무서운
말을 던졌다.

"너, 그래서 내 인스타에 악플이나 달고 다녔니?"

♡ ◯ ◁

'너, 그래서 내 인스타에 악플이나 달고 다녔니?'

아침에 눈을 뜨자마자 다시 그 목소리가 들렸다. 나는
눈을 질끈 감았다. 아무것도 느껴지지 않는 무감의 세계
로, 수면의 상태로 돌아가고 싶었다.

'언제부터?'

도대체 언제부터 알고 있었단 말인가. 최유안은 언제부
터 내가 형편없는 인간이라는 걸 알았을까. 알고도 나를
평소처럼 대한 것은 기만인가, 동정인가, 아니면⋯⋯.

머리가 둔해졌다. 손과 발이 차가워졌고, 심장이 쿵쿵

울렸다. 내가 고장 난 로봇처럼 우두커니 있는 사이, 그 애는 말하고 있었다.

"네가 왜 그랬을까, 속으로 엄청 생각했어. 나라는 걸 몰랐으니까 그랬겠지, 이해해 보려고 했는데 잘 안 되더라. 알지도 못하는 사람에게 굳이 찾아가서 그렇게 나쁜 말을 하는 건…… 더 이상하잖아. 그런데, 지금 네 말을 듣고 있으니까 알겠어, 너는…… 다리랑 축구만 잃은 게 아니야. 너는 너 자신까지 다 잃어버린 거야."

그 말에 상처받지 않을 도리가 없었다. 아마 최유안도 마찬가지였을 것이다.

"그게 나를 너무 슬프게 만들어."

그게 어제 그 애의 마지막 말이었다. 우리는 무겁게 가라앉은 분위기 속에서 한동안 벤치에 가만히 앉아 있었고, 최유안이 먼저 자리에서 일어났다. 나는 그 뒤로도 한참을 혼자 그 자리에 있었다. 몇 시나 되었나 싶어서 폰 화면을 켰다. 9시 40분이었다. 시계 위젯 아래에는 인스타그램 아이콘이 있었다. 분홍과 보라, 노랑과 주황이 뒤섞인 카메라 모양의 귀여운 어플을 꾹 짚었다. 삭제를 눌렀다.

어제의 기억에 압도되어 누운 채로 몸을 움직일 수 없었다. 너 자신까지 다 잃어버린 거라던 최유안의 말이 자꾸 되풀이되었다. 그 애가 맞다. 나도 모르는 사이에 나 자신까지 잃어버린 것이다.

'그게 나를 너무 슬프게 만들어.'

최유안은 왜 그걸 슬퍼했을까.

그 애가 화가 나서 미치겠다고 했다면 차라리 마음이 편했을 것이다. 그러나 슬프다고 했다. 그게 나도 슬프게 만들었다.

♡ ○ ◁

이틀이 지나고 다시 월요일이 돌아왔을 때까지도 계속 오른쪽 다리가 욱신거렸다. 통증 때문에 새벽녘에 잠에서 깬 뒤로 더 잠을 잘 수 없었다. 한동안 가만히 누워서 최유안과의 일을 곱씹다가 카톡이나 페메 등 메시지가 온 게 있는지 찾아봤다. 혹시 디엠을 보냈을 수도 있겠다 싶어서 삭제했던 인스타 어플도 다시 깔았지만 최유안으로부터 온 메시지는 없었다.

'미친놈. 미친 새끼. 병신 새끼. 네가 뭘 잘했다고 거기서 그런 말을 해……'

머리를 퍽퍽 때렸다. 한참 고민하다가 최유안에게 보낼 메시지를 쳤다. 구구절절 적어 내려가다가 다 지우고 "내가 잘못했어. 미안해."라고 썼다가 그마저도 마음에 안 들어서 또 지웠다. 한참 만에 완성한 문장은 "심한 말을 해서 미안. 악플도 정말 미안해. 면목이 없다."라는 진부하고 성의 없어 보이는 문장이었다.

날이 밝고, 담임에게 병원에 들렀다 가겠다고 연락을 하고, 나갈 준비를 하기 위해서 몸을 움직이기 시작했을 때에도 답장은커녕, 보낸 메시지를 읽은 표시도 없었다. 혹시 나를 차단한 건 아닐까 싶어서 애가 닳았다.

'진짜 왜 사냐, 김주언.'

차라리 나를 욕하는 메시지라도 보내 줬으면 좋겠다고 생각하면서 집을 나섰다.

의사 선생님은 다리가 좀 붓고, 멍이 들기는 했지만 큰 문제는 없다고 했다. 이번에도 통증은 심리적인 이유일지 모른다. 얼굴도 상태가 좋지 않았다. 왼쪽 광대뼈 쪽에는 푸르스름한 멍이 돌았고, 전체적으로 좀 부어 있었다. 그

탓에 흉터도 더 흉측하게 보였다.

진단서를 들고 교무실로 들어서자 담임은 어머, 하고 작은 탄성을 질렀다. 어쩌다 이렇게 되었는지 속 시원하게 말하지 않자, 혹시 학교 폭력 사안이 발생한 것은 아닌가 걱정하는 눈치였다. 담임도 이런데 반 애들은 내 모습을 또 얼마나 흥미로워할까.

무거운 마음으로 교실에 들어갔을 때, 애들은 나를 쳐다보고 휙 고개를 돌려서 자기들끼리 소곤거렸다.

"얼굴에 상처 난 거 봐. 그거 주작 아니라니까?"

"에이, 아니야. 딱 봐도 짜고 고스톱 친 거라니까."

"근데 얼굴 존나 험악하긴 하다."

"누가 보면 피 터지게 싸운 줄 알겠네. 겁나 두드려 맞더만."

물론, 안 들리게 소곤거리는 배려는 없었다. 애들은 마치 자기들이 묻기 전에 내 쪽에서 먼저 사건의 진상을 설명해 주기를 바라는 것 같았다. 나는 귀에 에어팟을 꽂고, 모든 소리와 시선을 차단하고 책상에 엎드렸다. 다시 최유안을 만나기 전, 전학 온 지 얼마 되지 않았을 때와 비슷한 상황이었다.

모든 수업이 끝나고, 가방을 메는 내 앞에 다가선 것은 또다시 차여수였다. 그러고 보니, 스토커에게 두드려 맞기 전에는 차여수에 대한 문제로도 최유안과 좀 껄끄러운 게 있었다. 저절로 한숨이 나왔다.

"많이 아파?"

"그냥 그래……."

"토요일에 이안이 인스타 라이브 한 거 인터넷에서 난리 났더라. 페북까지 쫙 퍼졌어."

안 봐도 빤했다. 이안의 방송이었고, 내가 확인했을 때까지만 해도 시청자 수가 1,000명이 넘어가고 있었다. 영상에 찍힌 내용은 꼴사납고 자극적이었다. 이슈가 되지 않을 리 없었다.

"너 병원은 갔다 온 거지?"

"병원 들렀다가 오느라 늦게 등교한 거야."

"어휴, 고생했네. 인기 많다고 다 좋은 건 아니겠더라. 그런 미친놈이 꼬여 드니 이안도 얼마나 힘들겠어. 어떤 애들은 실제가 아니라 조작한 거라고, 짜고 치는 거라고 하기도 하던데 그런 거 보면 이안이 좀 불쌍하기도 하고."

차여수의 말에 실린 미묘한 어조를 가늠하고 있을 때였

다. 차여수가 갑자기 아 참, 하고 화제를 전환했다. 그 애는 우리가 밥을 먹어야 한다고 말했다.

"저번에 약속했잖아. 이안 소개시켜 주면 내가 맛있는 거 사 주겠다고."

그랬었다. 당시에는 그 약속이 좀 부담스러우면서도 나쁘지는 않게 들렸다. 그때만 해도 그랬는데, 지금은 아니었다. 차여수의 일을 부탁할 때, 최유안이 싫은 티를 냈던 것도 영 신경이 쓰였고, 지금 이 엉망진창인 상황에 다른 이벤트를 만들고 싶지 않았다.

"아, 그거……. 괜찮아. 안 사 줘도 돼. 결국 약속을 지키지도 못했고."

"어? 무슨 소리야? 약속을 못 지켰다니?"

"소개 못 시켜 줬잖아."

차여수는 인상을 쓰고 고개를 갸웃했다.

"엥? 전에 이안한테 디엠 왔었는데? 주언이 소개로 연락한다고."

최유안은 부탁을 들어주겠다고 했었다. 하지만 정말로 그 애가 먼저 나서 줄 것이라고는 생각하지 않았다. 이 일을 몹시 껄끄러워했으니까.

내가 벙 쪄 있는 사이에 차여수는 저 할 말만 했다. 자기는 약속을 하면 꼭 지키는 사람이라면서 고집을 부리는 통에 나는 결국 물러나고야 말았다. 몹시 지치고 피곤해서 그냥 저 애를 조용히 시키고 싶은 마음이 컸다. 귀찮음이 역력한 투로 알겠다고 대꾸했는데도 차여수는 밝게 웃었다.

"그럼 이번 주 금요일에 학교 끝나고 가는 거다?"

마지못해 고개를 끄덕였다. 그제야 차여수는 교실 문을 나섰다. 몰려드는 피로를 이길 여력이 없어서 그대로 책상에 엎드렸다.

♡ ◯ ◁

차여수가 선택한 식당은 수제 버거 집이었다. 여기가 요즘 뜨는 춘천의 핫플레이스 맛집이라면서 가게 앞에 세워진 커다란 햄버거 모형과 사진도 찍었다. 차여수는 가게에 들어가서도 한참 사진을 찍다가 점원이 다가와서 주문을 하겠느냐고 묻고 나서야 메뉴를 골랐다. 나는 메뉴판을 열심히 들여다봐도 선택하기가 쉽지 않았다. 곤란해하는 게 느껴졌는지 점원이 대표 메뉴를 소개해 주었다.

"아 네, 그걸로 주세요."

추가 옵션까지 주문서에 빠르게 체크를 마친 점원은 왜인지 바로 자리를 뜨지 않고 머뭇거렸다. 차여수가 친절하게 웃으면서 혹시 더 안내해 주실 게 있는지 물었다. 점원은 머쓱하게 웃었다.

"그게 아니라……. 저기…… 그…… 맞죠?"

"네?"

"인플루언서 이안 친구분…… 맞죠?"

차여수와 점원의 시선이 나를 향했다. 아니라고 하기도 뭐해서 고개를 끄덕였다.

"대박. 저 이안 엄청 좋아해요. 제 여자 친구가 질투할 정도로요. 가끔 이안한테 디엠도 보내고 그래요. 한 번 답장 받은 적도 있어요! 그날 너무 기뻐서 제 인스타 스토리에 박제도 했는데……."

"아, 예."

어색한 대꾸에도 그 점원은 계속 말을 건넸다.

"아니, 근데 지난번 라이브 방송에 나온 그 미친놈은 대체 뭐예요? 그거 진짜예요? 주작 아니에요?"

점원은 방금의 친절한 메뉴 추천이 다 무색할 만큼 무례하게 물었다. 누가 그런 걸로 주작을 합니까, 하고 퉁명스러운 대답이 목구멍 끝까지 올라왔는데 차여수가 대신 대답을 했다.

"에이. 얘, 그런 걸로 주작하고 그럴 애 아니거든요."

"아, 제가 의심하는 게 아니라…… 주변에서 그런 말들이 많아 가지고요. 궁금해서……."

말을 계속 이어 가려던 점원은 다른 점원에게서 주문 밀렸는데 뭐 하느냐는 지적을 받고서야 제 본분으로 돌아갔다. 점원이 사라지자 차여수는 더욱 생기발랄한 얼굴로 나를 쳐다봤다.

"와, 주언아! 너도 진짜 유명해졌나 봐. 알아보는 사람들이 있네?"

"아무래도 얼굴에 흉터가 있어서 기억에 남나 봐."

"아무렴 뭐 어때. 일단 유명해지는 게 중요하지. 너도 나중에 진짜 인플루언서 되는 거 아니야? 혹시 모르니까 지금부터라도 콘셉트 만들어 봐."

차여수는 진심인 듯이 보였다.

"주언아, 나랑 사진 찍자."

내가 대답도 하기 전에 찰칵하는 소리도 없이 순식간에 사진이 찍혔다. 차여수는 그것도 모자라서 좀 더 즐거운 표정을 지어 보라는 요구를 했다.

"너 그거 인스타에 올리게?"

혹시나 해서 물으니 당연하다는 듯이, 밖에서 처음 만나는 건데 기념 삼아 스토리에 올릴 거라는 대답이 돌아왔다. 나는 즉각적으로 안 된다고 했다. 차여수는 의아해했다. 안 된다. 최유안과 그런 일이 있어 놓고 얘랑 밥을 먹으러 왔으니, 최유안이 알게 된다면 거의 끝난 거나 마찬가지인 사이가 영영 끝장날 거다. 그러나 그런 이유를 구구절절 설명할 수는 없었다.

"스토커 일을 옆에서 겪다 보니까 SNS에 사생활 올라가는 거에 좀 민감해져서."

차여수는 못내 아쉬운지 입술을 삐죽 내밀었다. 화젯거리가 될 법하니까 나랑 찍은 사진을 올리고 싶어 하는 눈치였다.

'이런 기분이구나.'

어렴풋하게 짐작만 했던 최유안의 심경을 좀 더 알 것 같았다.

메뉴는 빠르게 나왔다. 차여수는 또 한참 사진을 찍고, 보정을 해 가면서 느릿느릿 음식을 먹었다. 맛집이라더니 엄청 특별하지는 않다는 게 차여수의 평이었다. 그래도 가게 인테리어와 식기, 테이블 소품 등이 예뻐서 사진은 잘 나온다고 좋아했다. 만약 차여수가 유명 인플루언서가 된다면, 이 애는 보여 주는 삶에 끌려다니며 살지도 모르겠다.

"이안이랑은 좀 친해졌어?"

내가 묻는 말에 차여수가 조금 난감한 듯한 미소를 지었다.

"그게……. 이안이랑 맞팔하기는 했는데, 친해지는 건 또 다른 문제인 것 같아. 이안이 생각보다…… 벽이 좀 높더라고."

"벽?"

"좀…… 딱딱하게 군다고 해야 할까? 처음이야 뭐, 그럴 수 있는데……. 근데 나 진짜 사근사근하게 얘기했거든. 찐팬이라고, 팔로우해 줘서 고맙다고, 그렇게 이삼 일 정도 몇 마디 주고받았어. 이제 조금 가까워진 느낌이 들어서 농담 삼아, 합방하면 재밌겠다고 메시지 보냈거든? 나도 뷰티 콘텐츠 생각하고 있고, 이안은 베테랑이니까 약간 '뷰티 방송 선후배' 느낌으로, 롤플레이도 좀 넣어서 방송하면 재밌을 것 같아서."

이미 지난 일을 전해 듣는 것뿐인데도 아찔했다. 속에서 탄식이 흘러나왔다.

"그렇다고 뭐 바로 하자는 게 아니라, 그냥 정말 언젠가 기회가 되면,이라는 가정하에 말한 건데……. 좀 오해를 했나 봐."

차여수는 아래로 처진 눈썹 모양을 만들면서 씁쓸하게 입꼬리를 올렸다.

"자기랑 방송 한번 해 보려고 너에게 찝쩍거린 걸로 생각하는 것 같았어. 이런 부탁 불편하다면서 나한테 너 이용하지 말라고 하더라."

그 말을 듣는 순간, 나는 최유안을 생각했다.

"내가 너 이용한 거야? 주언아?"

자기가 이용당한 상황에서도 나를 이용하지 말라고 경고한 그 애를 생각하지 않을 수 없었다. 예전의 모습이라고는 조금도 찾아볼 수 없는 나를 예전과 똑같이 바라봐 주려고 노력한 최유안을, 어릴 적의 작은 친절을 이날 이

때까지 대단한 것으로 여겨 준 최유안을 자꾸 생각했다.

'그게 나를 너무 슬프게 만들어.'

그 애는 화를 내지 않고, 슬퍼했으므로 이번에야말로 나를 영영 보지 않을지도 모른다. 아직 기대가 남아 있을 때는 화가 나지만 모든 것을 포기하게 되면 슬프다. 내가 인생에서 축구를 잃어버릴 때에도 그랬다. 처음엔 화가 났고, 끝에는 견딜 수 없을 만큼 슬펐다.

왠지 눈가가 저릿해서 입을 꽉 다물었다. 차여수는 그런 내 눈치를 보면서 조심스럽게 말을 이었다.

"주언아, 솔직히 난 이안이 너를 이용하고 있다고 생각해."

하마터면 헛웃음이 터져 나올 뻔했다. 나는 더욱 입을 악다물었다.

"방송에서도 자기 어릴 때 왕따당했던 얘기랑 네가 도와준 이야기를 여기저기서 풀면서 동정표랑 좋은 이미지 다 가져갔잖아. 그리고 SNS에서 너랑 이안이랑 사귄다 아니다 하는 얘기로 꽤 이슈가 됐는데 가타부타 안 밝히는 것도 좀 그래. 걔 방송할 때 네 얘기 물어보는 팬이 꼭 몇 명은 있다고. 인스타에 달린 댓글에도 너랑 사귀냐고 물어

보는 애들이 있어. 그런데 그런 건 대답 안 하고 그냥 넘어 간다니까? 그런 이슈도 자기 유명세에 이용하려는 수작이 아예 없다고는 할 수 없지 않을까?"

나는 포크를 내려놓고 차여수를 빤히 쳐다봤다.

"그리고 아까 점원도 그랬지만 이번에 스토커 나온 그 라이브 방송도 너랑 짜고 친다고 얘기하는 사람도 많거든. 네가 진짜 같이 주작을 했다는 게 아니라, 다른 사람도 그렇게 오해할 정도로 자꾸 너를 끌어들인다 이거지."

결국 나는 삐딱하게 픽 웃고야 말았다,

"주작 아니야."

차여수는 고개를 끄덕였다.

"알아. 나는 믿어. 내가 아니라 그렇게 의심하는 사람도 있다는 거지 뭐. 어쨌건 나는 이안한테 솔직히 좀 실망했어. 요즘 보니까 너랑도 잘 안 노는 거 같던데……."

더 이상은 들어 줄 수가 없었다. 티가 나게 한숨을 쉬자 차여수가 그렇지 않아도 큰 눈을 동그랗게 떴다.

"적당히 해. 최유안이 요즘 나랑 안 노는 건 내가 잘못 해서고, 걔가 친하지도 않은 너한테 실망했다는 얘기 들을 이유 없어. 인플루언서고 유명하면 친하지도 않은 사람 부탁 다 들어줘야 하냐?"

차여수의 얼굴이 천천히 굳어졌다. 떠오르는 말을 다 하면 충격을 받고 우는 건 아닐까. 걱정을 하면서도 나는 말을 멈추지 않았다.

"그런 식으로 쉽게 한마디 떠드는 게 걔한테는 루머가 되고, 평판이 돼. 남들에게 피해 주는 콘텐츠를 하는 것도 아니고, 걔가 방송에서 사기 치는 것도 아닌데 이런 사소한 걸로도 실망했다느니 뭐니 하는 거 솔직히 너무하지 않냐? 걔가 멋대로 씹어도 되는 껌도 아니고……. 걔가 얼마나……."

왜인지 목이 메었다. 코끝이 시큰해지는 것을 막을 수 없었다. 이렇게 말하는 주제에 나는 왜 악플이나 달고 다녔던가. 왜 그런 짓을 해서 최유안을 실망하게 만들었는가. 때늦은 후회였다. 후회는 곱씹을수록 감정을 부추겼다. 시야가 일렁거렸고, 목은 점점 꽉 막혔다. 얼핏 차여수가 믿을 수 없다는 듯이 입을 떡 벌리는 게 보였다.

"내가 지금 꿈을 꾸나? 김주언 너 우는 거야?"

기어코 눈물 한 방울이 뚝 떨어졌다. 있는 그대로 다 말하면 차여수가 울 거라고 걱정했지만 정작 우는 건 나였다.

"걔가 얼마나……."

울음을 참느라 말은 이어지지 못했다. 이제 차여수는
완전히 일그러진 얼굴이었다. 그 애는 급히 주변을 살피더
니 분주히 책가방을 챙겨 멨다.

"살다 살다 별……. 나 먼저 가 볼게. 조심히 들어가."

그 애가 카운터에서 계산을 하고 황급히 가게를 빠져나
는 것을 다 보고서야 나는 마음 편하게 후드득 눈물을 떨
궜다.

나도 모르는 사이에
시작된 것

👤 유안

신고 접수를 맡아 준 경찰관이 다가왔다. 하민영과 경찰서에 온 터였다.

"스토킹 건은 지난번에 잘 접수되었고요, 폭행 건은 고소나 고발하시면 아마 쌍방으로 갈 것 같아요. 영상 보니까 친구분이 먼저 팔을 밀치기도 했고, 상대가 발로 차기 전까지는 서로 몸싸움하는 듯이 보이기도 해서요. 친구분이랑 얘기 잘해 보고 결정해서 오세요."

쌍방이라니. 누가 봐도 김주언이 훨씬 두들겨 맞았는데 쌍방이라니. 울컥해서 경찰관을 쳐다봤지만 그는 이미 다른 서류를 들춰 보고 있었다.

경찰서를 나오면서 하민영이 폭행으로 고발할 거면 김주언이랑 얘기를 해 봐야 하지 않겠느냐고 물었다. 내가 대답하지 않자, 하민영은 짜증을 냈다.

"야, 대체 김주언한테 왜 그러는데? 걔가 너 도와주기밖에 더 했냐? 너네 왜 갑자기 서로 연락을 안 해? 아니, 김주언이야 그렇게 두들겨 맞는 모습이 방송으로 공개됐으니까 널 피할 만도 한데, 너는 대체 걔한테 왜 그러는 거야?"

나는 우리 둘 사이의 일을 아무에게도 말하지 않았다. 하민영으로서는 의아할 수밖에 없었다.

"최유안, 김주언이 네 인생을 바꿨다느니 뭐라느니 하면서 싸고돌더니, 갑자기 이러는 건 좀 그렇지. 열받는 일이 있으면 대화를 해서 풀어야지 이게 뭐야. 더구나 걔 너 때문에 그 꼴 당했잖아."

맞는 말이기는 했다. 그러나 이건 복잡하고도 미묘한 마음의 문제였다. 내가 끝끝내 별다른 대답을 하지 않자, 하민영도 결국 한숨을 쉬면서 "그래, 너네 좋을 대로 해라." 하고 포기하듯이 말했다.

악플에 대해 따져 물었을 때 김주언은 세상이 끝난 것

같은 얼굴을 했다. 벌써 며칠이 지났는데도 김주언의 그때 그 얼굴이 문득문득 떠올랐다. 그러나 그날은 나도 그 애 못지않게 충격을 받았다. 김주언이 악플을 달고 다닌다는 걸 알았던 날보다 더 아찔한 기분이었다. 이번에야말로 김주언을 떨쳐 낼 수 있을지 모른다는 두려움까지 느낄 정도였다.

김주언을 아파트 공원에 내버려두고 집으로 들어와서, 나는 씻지도 않고 침대에 엎드려 엉엉 울었다. 유명해지는 것도, 그 유명세와 더불어 굴러드는 다른 이득도, 인기도 다 허무했다.

'나는 이제 진짜 모르겠어…….'

내게 중요한 한 사람의 마음조차 돕지 못하고, 바꾸지 못한다면 내가 누리는 모든 것이 다 무엇이란 말인가.

허무해서 아무것도 할 수가 없었다. 꾸준히 올리던 인스타 게시 글도 중단했고, 방송도 당분간 업로드가 어려울 것 같다고 공지를 했다. 스토커로 인한 충격을 이유로 들었지만 사실 그보다는 김주언의 진심을 알게 된 여파 때문이었다. 그 괴로움이 생각보다 커서 김주언이 보낸 사과 문자에도 답을 할 수 없었다.

아마 다시 전처럼 지내기는 어려울 것이다. 그날의 김주언은 내 편이 아니었고, 나도 그 애를 괴롭게 하는 존재에 불과했다. 외톨이 시절의 유일한 내 편을 버리는 일을 도무지 할 수 없을 것만 같았으나 지금은 해야만 했다.

내가 낯선 사람으로부터 김주언에 관련된 디엠을 받은 건 그로부터도 며칠이 지난 뒤였다. 원래 진짜로 알고 지내는 사람이 아니면 웬만해서는 디엠을 확인하지 않는데 하민영의 디엠을 확인하는 중에 온 메시지였고, 위에 뜨는 내용이 확 시선을 당겼기 때문에 확인하게 되었다.

    ✈️ 이안 님, 제가 일하는 가게에 이안 님 친구 왔었어요.
    ✈️ 이분, 이안 님 친구 맞죠?

다음에 도착한 사진은 어떤 여자애와 함께 있는 김주언의 모습이었다. 순간적으로 열이 받았다. 나는 아직도 속이 상해 죽겠는데, 관계의 끝을 고민하고 있는데 지는 여자애랑 맛있는 걸 먹으러 가다니. 역시 내가 옛날에 알던 그 김주언은 사라진 게 분명하다.

◁ 이안 님 친구, 진짜 좋은 사람 같아요.

◁ 같이 있던 사람이 이안 님에 대해서 나쁘게 말했는데, 친

구분이 감싸 주더라고요.

이번에는 동영상도 하나 도착했다. 일반인을 이렇게 몰래 찍다니,라고 생각하면서도 내 손가락은 착실하게 동영상을 터치했다.

'뭐야, 차여수잖아?'

순간 다시 한 번 짜증이 솟구쳐 영상을 끄려는데(차여수가 지껄이는 내용도 가관이었다. 음질이 좋지 않아 모두 들리는 건 아니었지만, 중간중간 들리는 몇 마디 단어만으로 신경이 날카로워졌다), 갑자기 김주언이 차가운 표정으로 "적당히 해."라며 성난 감정을 억누르듯 차분하게 말했다.

동영상 속의 김주언은 꼴사나웠다. 흉터를 잔뜩 일그러뜨리면서 눈물을 뚝뚝 흘리는 모습이라니. 남자애가 이런 식으로 우는 걸 본 적이 없어서 더욱 우스꽝스러웠다. 그러나 가슴이 답답했다. 아니, 먹먹했다.

'도대체 뭘 하고 있는 거야.'

차여수는 얼굴이 사색이 되어서는 허겁지겁 자리에서

일어났다. 김주언은 아직 음식이 많이 남은 테이블 앞에서 홀로 눈물을 훔쳤다. 주변 사람들이 수군거리면서 김주언을 쳐다봤다. 당장 화면 안으로 들어가서 김주언을 데리고 나오고 싶었다.

'뭘 어쩌라는 거지, 얘는.'

머리가 지끈거렸다. 동영상은 이미 끝났지만 나는 한 번 더 재생을 눌렀다. 궁금한 게 있었다.

"걔가 얼마나……."

울음을 삼키느라 이어지지 못한 뒷말은 과연 무엇이었을까?

'따뜻한 애인데.'

그런 말이면 좋겠다. 내가 김주언한테 느꼈던 그 따뜻함을 그 애도 내게서 조금쯤 느꼈더라면, 그러면 좋겠다. 그래서 내가 저를 더욱 비참하게 만든다던 그 말을 다 상쇄시켜 주면 좋겠다.

나는 정말로 김주언 같은 사람으로 살고 싶었다. 직업이 좋건, 유명하건, 인기가 많건……. 그 무엇보다도 나는 어린 날의 김주언 같은 사람으로 살고 싶었다. 누군가를 일으켜 주는 그런 사람 말이다. 김주언이 내게 "뭔가 더 이

283

루고 싶은 게 있나" 물었던 그 순간, 나는 황급히 어릴 때 너를 닮고 싶었다고, 지금도 그렇다고 했다. 그 당시에는 툭 튀어나온 말이었으나 이제는 알겠다. 그건 내 진심이었다. 언제부터였을까? 아마도 그건 나도 모르는 사이에 시작되었다가 김주언을 다시 만나면서 불이 붙었을 것이다. 그 애가 대수롭지 않게 베푼 따뜻함은 나도 모르는 사이 내 안의 자양분이 되었던 모양이다.

또다시 영상을 재생시켰다. 아무리 다시 봐도 공감성 수치를 불러일으키는 광경이었다. 그 볼품없는 영상을 몇 번이나 더 재생하다가 불현듯이 깨달았다.

'보고 싶네.'

사랑스러운 걸 사랑하기는 어렵지 않다. 그러나 볼품없는 걸 사랑하게 된다면 그건 왜일까?

지잉-

그 애의 아이디가 표시된 디엠 알림은 기분을 이상하게 만들었다. 이전에 왔던 디엠도 확인을 하지 않은 상태였고, 지금도 쉽사리 확인할 마음은 들지 않았다. 한동안 망설이다가 30분 즈음 지나서야 메시지를 확인했다. 구구절절 많은 내용이 적혀 있었다. 참 촌스럽다. 다른 누구도 아

닌 김주언이 이런 메시지를 보냈다는 게 어쩐지 좀 블랙
조크 같은 느낌을 줬다.

토독토독 느리게 키패드를 누르면서 메시지를 작성
했다.

결과가 어떻든, 내 마음의 행방이 어떻게 흘러가든 해
결은 해야 했다.

불빛

👤 주언

최유안에게 다시 연락을 해야 했다. 미저리 같고, 징그럽고, 볼썽사납지만 내가 가장 형편없을 때 나를 좋은 사람으로 대해 준 그 애를 이렇게 잃어버릴 수는 없었다.

차여수와 헤어져 집으로 돌아오는 버스에서 또다시 훌쩍거리며 한 자 한 자 정성을 들여 메시지를 작성했다.

🖅 **real_kju_3** 최유안, 다시 한 번 미안하다.

사고 이후로 내 또래의 잘나가는 애들을 보면, 그냥 그렇게 속이 뒤집히더라. 내가 잃어버린 모든 것들이 너무 선명하게 느껴져서 견딜 수가 없었어. 네 기대와는 달리 내가 형편없는 인간이라서 그랬을 거야. 악플에 대한 것만이 아니라 그날 너한테 따지듯이 했던 모든 말을 후회해. 너한테는 끝까지 좋은 기억으로 남고 싶었는데……. 너의 추억까지 내가 망친 것 같아서 이것도 사과하고 싶다.

다 쓰고 보니 하품이 나올 라디오 사연 같기도 했다.

'찌질한데?'

그러나 뭐 어쩌란 말인가. 이미 나는 찌질한 인간이었다. 최유안은 내가 악플을 달고 다닌 것까지 알고 있었다. 뭐가 부끄러우랴 싶었다. 게다가 어차피 나를 차단했을 가능성이 컸다. 그렇게 생각하자 용기가 솟았다. 나는 과감하게 손가락을 움직였다. 보내기 표시를 누르고, 메시지가 전송되었다. 1분이 가고, 2분이 가고, 5분이 가고, 10분이 흘러도 디엠 옆에 '읽음'은 뜨지 않았다.

'역시 차단했구나.'

허탈했다. 심장이 땅으로 훅 꺼지는 것 같았다. 나는 마치 죽을병에 걸린 사람처럼 가슴께를 부여잡고 버스에서 내렸다. 터덜터덜 고작 몇 걸음을 걸었을 뿐인데도 다리가 아팠다. 통증 때문에 걸음은 부자연스러웠다. 절면서 걷고 싶지 않았지만 몸이 따라 주지 않았다. 집까지 가는 몇 블록의 보도가 한참 멀게 느껴졌다. 천천히 걸음을 떼는 순간이었다. 진동이 지잉 울렸다.

  ⊲ 2_a.n. 내일 점심때 잠깐 보자.

  용서한다고 하지 않았다. 이해한다고도 하지 않았고, 다시 잘 지내 보자는 희망적인 말도 아니었다. 그 애는 그냥 "점심때 잠깐 보자."고 했을 뿐이다. 그런데도 나는 깊은 안도감을 느꼈다.

  밤에는 꿈을 꿨다. 다리를 심하게 저는 꿈을. 내 다리는 재활 치료를 하기 전처럼 삐걱거렸고, 앞으로 제대로 나아가지 못했다. 급식실에 가는 중이었는데 속도가 몹시 느렸다. 검은 형체들이 나를 밀치며 빠르게 지나쳐 갔다. 몇 번을 넘어질 뻔하면서 겨우 급식실에 도착했을 때는 땀이 범벅이었다. 급식실 불은 모두 꺼져 있었다. 아무것도 보이지 않을 정도로 어두워서 급식을 받을 수가 없었다. 하는 수 없이 식탁과 의자를 더듬어 가며 빈자리를 찾아서 앉았는데, 주변에서는 식판 긁는 소리와 음식을 씹고 먹는 소리가 들렸다. 새까만 어둠 속에서 소리만 들리자 두려움이 몰려왔다. 시간이 좀 지난 뒤에는 외로움도 찾아왔다.

'아무도 날 못 보나?'

'나는 언제까지 여기에 이러고 있어야 하는 거지?'

'나도 급식 먹고 싶은데.'

여러 가지 생각이 머리를 스쳤다. 도저히 안 되겠다 싶어서 몸을 일으키는데, 어디선가 우당탕탕탕하는 소리와 함께 뭔가가 퉁, 퉁, 튕겨져 왔다. 처음에는 식탁에서 식탁으로 옮겨가는 듯했던 물체가 바닥으로 떨어지는 소음이 났고, 잠시 뒤에 그건 내 발을 툭 건드렸다.

'급식실에 축구공이?'

이상하다고 생각하는 순간에 어둠 속에서 누군가가 "공 좀 차 줘!" 하고 소리를 쳤다. 소리가 들리는 쪽을 향해서 공을 차려고 하는데, 다리가 제대로 움직이지 않았다. 오른쪽 다리는 마치 쇠고랑을 찬 것처럼 무거웠다. 나는 빠르게 다리를 뻗었다고 생각했는데 움직이는 건 슬로우 모션이었다. 발끝이 겨우 공을 툭 건드렸고, 공은 우스울 정도로 살짝 굴러갔다.

"야! 뭐 해. 공 좀 차 달라고!"

누군가가 다시 소리를 쳤다. 다시 한 번 다리를 뻗는데 역시나 아까처럼 제대로 뻗을 수가 없었다. 마음이 조급해졌다.

"아 맞다. 너 다리 병신이지? 미안하다."

고개를 들었으나 주변의 모든 것이 검은 형체들이라서 분간할 수 없었다.

목소리가 많아졌다. 중간중간 웃음소리도 들렸다. 속이 매스꺼웠다.

"너 이제 어떻게 살래?"

"얘 이제 인생 망했지, 뭐. 얼굴도 저래 놔서 알바 면접이라도 붙겠냐?"

구토가 날 것 같아 식탁을 부여잡고 허리를 숙였다.

"닥쳐……."

소리를 치고 싶은데, 흘러나온 건 애원이었다.

"닥치라고……."

요즘 눈물이 많아졌다. 아니, 어쩌면 옛날부터 그랬는데 울 일이 별로 없었던 것인지도 모르겠다. 그나마 다행인 건, 주변이 새까맣게 어두워서 아무도 내가 우는 걸 볼 수 없다는 거였다. 나는 마음 놓고 엉엉 울었다. 내가 우는 만큼, 사람들은 웃었다. 뛰쳐나가고 싶은데 다리를 절까 봐 그러지도 못했다. 그때 결이 다른 목소리가 희미하게 귀를 파고들었다.

"김주언?"

얼굴을 들었다. 누군가가 다가오고 있었는데 그마저도 검은 형체라서 누군지는 알 수 없었다.

"와, 대박."

가까이 다가온 형체가 씩 웃는 게 느껴졌다.

"너를 한 번쯤 다시 만났으면 좋겠다고 생각했었는데."

이 말을 어디선가 들은 적이 있다. 언제, 어디서 들었더라, 누구였더라. 기억이 날 듯, 말 듯해 내가 고민하고 있는 걸 느꼈는지, 상대가 부드럽게 웃었다. 그러더니 불쑥 다가와서 나를 끌어안았다. 따뜻하고 보드라운 촉감이 전신에 닿았다. 그 순간, 마치 정전된 건물에 불이 들어오듯이 내 주변부터 환해지기 시작했다. 이윽고 검은 형체들도 모습을 드러냈다.

'······이게 뭐야.'

모두 얼굴에 짙은 흉터를 가진 김주언이었다. 오싹, 소름이 돋았다. 나도 모르게 뒷걸음질을 치는데, 나를 안고 있는 사람이 꽉 힘주어 당긴 탓에 도망가지 못했다.

　"반갑다, 김주언."

　목소리가 다시 들린 순간, 나를 안고 있는 이 아이가 누군지 깨달았다.

　"나 최유안이야."

　비쩍 마른 몸에 까만 피부를 가진 아이. 무엇도 기대하지 않는 눈으로 나를 당황하게 했던 그 애. 어린 시절, 내가 도와주고 이용했던 도깨비 최유안이었다.

내가 아는 것

유안

아침에 눈을 뜨자마자 떠오른 건 오늘 일정이었다. 젠장…… 원래 그랬다. 아침은 전날 저녁에 저지른 일을 후회하게 되는 이성의 시간이다.

점심이 되어서야 나갈 준비를 했다. 옷 하나를 입는 데 10분이 걸렸다. 간신히 준비를 마치고 느릿하게 집을 나섰다. 약속 장소로 향하는 걸음마다 잡스러운 생각들이 쌓였다. 김주언을 어떻게 대하면 좋단 말인가? 여전히 보고 싶고, 함께하고 싶은 감정대로 대하면 너무 줏대 없어 보일까? 차라리 쌀쌀맞게 대해 볼까? 그랬다가 김주언이 나를 영영 포기하면 어떡하지? 그 애랑 계속 인연을 유지해 나가는 게 과연 좋은 일이라고 할 수 있을까? 하지만 이대로 그 애를 놔 버린다면 김주언은 또 오랫동안 빛 한 줌 없는 어둠 속을 거닐게 될지도 모른다.

'아…… 머리 아파.'

머리가 지끈거리기 시작할 무렵이었다. 하민영이 전화를 걸어왔다. 전화를 받자, 그 애는 다급한 목소리로 외치듯이 말했다.

"야! 너랑 김주언, 뉴스에 나온 거 알아?"

황당하기 짝이 없는 소식이었다. 듣는 순간, 보도 한복판에 멈춰 설 수밖에 없었다.

"그게 무슨 소리야?"

"유튜브에 떴는데 내가 지금 링크 보내 줄게. 일단 봐."

링크로 들어가 보니, 케이블 뉴스 화면 아래 "유명 인플루언서 I양의 스토킹 피해 사건"이라는 자막이 달려 있다. 단아한 외모의 앵커는 진지한 표정으로 멘트를 했다.

"인터넷 라이브 방송 중이던 I양이 촬영한 영상에는 당시의 급박한 상황이 그대로 담겼습니다."

뉴스에는 모자이크가 되어 나왔지만, 인터넷에 돌고 있

는 원본에는 얼굴이 고스란히 나오기 때문에 큰 의미는 없어 보였다. 이렇게 보자 폭행은 더욱 무자비하게 보였고, 당하고 있는 김주언은 더욱 비참해 보였다. 그 애가 얼마나 자존심이 상하고 상처받았을지 다시금 생각하지 않을 수 없었다. 앵커는 무거운 목소리로 멘트를 이어 갔다.

"스토킹 처벌법이 시행되었음에도 스토킹 범죄는 여전히 만연해 있는 것으로 보입니다. SNS를 통해 사생활을 공개하는 경우가 많은 요즘, 스토킹 범죄를 미연에 방지할 수 있는 더욱 적극적인 방안과 대처가 필요하겠습니다."

뉴스 영상 아래에는 100개가 넘는 댓글이 달려 있었다. 대개가 인플루언서 이안의 안위를 걱정하고, 스토킹 범죄자를 욕하는 글이었으나 개중에는 두드려 맞는 김주언을 불쌍하게 여기는 댓글도 있었다. 문득 하나의 긴 댓글이 눈에 띄었다.

● 원본 영상 보니까 맞는 애 김주언이네. 얘 어릴 때 잘나갔는데. 인생사 새옹지마다, 진짜…… 초딩 때는 이안이 불쌍한 애였는데 몇 년 만에 인생이 이렇게 역전이 되네. 다리도 전다던데……. 얘는 이제 어떻게 사냐.

내용을 보니, 초등학교 동창인 모양이었다.

"얘는 이제 어떻게 사냐."는 마지막 문장. 꼭 김주언의 불행을 바라는 듯했다.

'지가 김주언에 대해 뭘 얼마나 안다고. 걔가 겪은 일도, 그 애의 심정도 조금도 모르면서. 김주언이 가진 따뜻함을 알지도 못하면서. 이런 놈은 분명히 누군가의 인생에 따뜻한 뭔가가 되어 줘 본 경험도 없겠지.'

핸드폰 화면을 끄고 다시 걸었다. 만나기로 한 식당에 도착하기 전까지 분을 삭이려고 했으나 오히려 화가 쌓였다. 내가 김주언이었다면 억울하고 분해서 핸드폰을 던져 버렸을지도 모른다. 나는 도착하고서도 바로 식당 안으로 들어가지 못하고, 유리 벽 안을 살폈다. 김주언은 미리 도착해 있었다. 그 애를 보자 아까의 그 댓글을 더욱 용납할 수 없었다. 결국 거기에 나도 또 글을 남겼다.

● 지랄. 어떻게 살긴. 옛날처럼……

토독토독 빠르게 손을 움직였다. 나는 안다. 그때나 지금이나 김주언은 김주언이다.

막무가내로 댓글을 올리고, 비로소 식당 안으로 들어갔다. 김주언은 뭘 보고 있는지 핸드폰을 쳐다보고 있었다. 내가 앞까지 온 것도 모를 정도로 집중하고 있었는데, 표정은 좋지 않았다. 잔뜩 굳어진 얼굴을 보고서야 어쩌면 하민영이 김주언에게도 뉴스 링크를 보냈을지 모르겠다는 생각이 들었다. 나는 1초라도 빨리 김주언을 어둠에서 끌어내고 싶었다. 어릴 때 나를 도와주던 든든한 모습, 스토킹 때문에 연락했을 때 집으로 한달음에 와 줬던 그 따뜻한 얼굴을 다시 보고 싶었다.

"뭘 그렇게 보고 있어?"

김주언은 퍼뜩 고개를 들었다. 눈이 마주쳤다. 심각했던 표정이 순식간에 무너졌다.

"일찍 왔네."

말하면서 자리에 앉자, 김주언은 안절부절못하며 당황한 티를 냈다. 어쨌거나 직전까지의 그 무거운 표정보다는 훨씬 보기가 좋았다. 김주언은 메뉴판을 내 앞으로 내밀었다. 나는 메뉴판을 보지 않고, 김주언을 보고 있었는데 왜인지 그 애는 갑자기 조금 웃었다. 놀랍게도 그 모습은 나를 즐겁게 만들었다. 어릴 때의 김주언도 그랬을까? 내게 백탁이 없는 선크림을 바르면 어떻겠냐고 권했을 때, 그래서 내가 그 조언대로 했을 때, 그 순간에 김주언도 지금처럼 좋았을까?

문득 '김주언의 인플루언서'라는 꼬리표가 생각났다. 언젠가 라온 오빠가 했던 말이었다. 그때는 비꼬는 말로 들렸는데, 지금 와서 떠올려 보니 나쁘지 않다. 그래, 김주언의 인플루언서. 너를 따뜻한 곳으로 이끌어 낼 수 있다면 그런 꼬리표는 오히려 달갑다.

내가 선뜻 메뉴를 고르지 않자, 김주언이 메뉴판을 내 쪽으로 좀 더 밀었다. 괜히 웃음이 나왔다.

내가 되고 싶은 것

주언

'오늘 잘해야 돼.'

마지막 기회라고, 사실 뭘 어떻게 잘해야 하는지도 모르면서 반복하는 다짐이었다. 만나기로 한 시간이 가까워지면서 나는 지나치게 긴장했다. 준비도 너무 빨리 마쳐버렸다. 식당에 도착했을 때도 약속 시간까지는 20분이 남아 있었다.

근데 무슨 이야기를 어떻게 시작하지? 변명은 이미 많이 했고……. 그렇게 긴장과 혼란을 뱅뱅 맴돌고 있을 때 갑자기 하민영이 보낸 카톡 알림이 떴다.

💬 야, 너랑 최유안 뉴스에 나왔어.

'이건 또 뭐야……'

메시지에는 친히 링크까지 첨부되어 있었다.

핸드폰을 쥔 손에 저절로 힘이 꽉 들어갔다.

나는 상처받을 걸 알면서도 댓글 창을 확인했다. 사람들은 대부분 스토커를 질타하고 이안이 괜찮은지 염려했지만, 중간중간 나에 대한 이야기도 있었다. 저렇게 '처맞는 게' 공개되어서 어떡하냐는 둥, 안쓰럽다는 둥 가벼운 가십처럼 느껴지는 말들이 대부분이었다. 그중에서도 유난히 눈에 띄는 긴 댓글이 하나 있었다.

전에는 잘나갔던 애라는 둥, 이제 어쩌냐는 둥 하는 내용으로 봐서는 어릴 적의 나를 아는 사람인 것 같았다. 화가 불쑥 솟아오르려는 찰나, 나도 모르게 실소가 나왔다. 나는 화를 낼 자격이 없었다.

'내가 단 악플들에 비하면 별것도 아니지……'

그 댓글에 다른 사람들이 또 댓글을 달았다. 전부 그 사람을 질타하는 내용이었다. "왜 말을 그런 식으로 하냐?", "이안이 왕따 당할 때 도와줬다는 친구다.", "님보다는 잘

살 듯!" 등등. 그런 옹호는 고마웠지만, 내 시선은 "얘는 이
제 어떻게 사냐."는 문장을 떠나지 못했다.

'정신 차려 김주언. 이제 곧 최유안을 만나. 아마도 이게
마지막 기회일 거야.'

어두운 생각에 짓눌려 있으면 안 된다고 스스로를 설득
했으나 마음은 자꾸 어둠으로 끌려들어 갔다. 거울을 보지
않아도 울상이 되어 가는 표정이 느껴졌다. 그때, 누군가
가 새로운 댓글을 달았다.

> ● 지랄. 어떻게 살긴, 옛날처럼 따뜻하고 예쁘게 빛처럼 살
> 겠지. 그때도 지금도 김주언은 김주언이야.

댓글 계정명이 '이안'이었다. 실제로 최유안이 사용하는
유튜브 공식 계정명이 맞다.

"어?"

믿기지 않아서 몇 번이고 확인했는데 계정명도, 댓글의
내용도 잘못 본 게 아니었다.

"뭘 그렇게 보고 있어?"

그때 머리 위에서 익숙한 목소리가 들렸다. 최유안이었

다. 그 애는 어색하고 민망한 표정으로 "일찍 왔네." 하고 말하면서 자리에 앉았다.

순간 나를 끌어내리던 어두운 생각들이 단숨에 걷혔다. 간밤의 꿈이 떠올랐다. 새까만 어둠 속에서 나를 끌어안던 품과 일순 사위를 밝히던 빛이 마치 지금 이 순간 같았다.

나는 최유안에게 무엇을 말해야 할지 깨달았다. 나도 모르는 사이에 빛으로 다가와 나를 빛으로 끌어내리려고 하는 너에 대한 이야기를 해야 했다. 최유안은 나처럼 되고 싶다고 했으나 나야말로 최유안처럼 되고 싶은지도 모른다. 알아차리는 순간, 나는 조금 웃을 수 있었다. 내가 웃자 최유안도 마주 웃었다. 모든 것이 환해지는 미소였다.

작가의 말

　다양한 분야에서 다양한 영향력을 자랑하는 사람들이
쏟아져 나오는 인플루언서 시대입니다. 어느 날 문득 '영
향력 있는 삶이란 어떤 삶인지, 진정한 영향력이란 무엇인
지' 곰곰이 따져 보게 되었습니다. 계기가 된 것은 한 인플
루언서의 말이었지요. 그는 "누군가를 잘살게 만들어 주
는 것이 정말 잘사는 것"(하준파파)이라고 했는데, 그 말과
함께 자연스레 제가 직업 현장에서 경험한 일들이 떠올랐
습니다.

　저는 대학 시절 상담심리학을 전공했고, 지금 상담 교
사로 학교에서 근무하고 있습니다. 이 현장에 있다 보면,
많은 청소년 친구들이 여러 가지 마음의 상처로 무너지고,
또 다른 한편으로는 그렇게 낙담한 아이들이 누군가의 따

뜻한 말과 관심으로 놀랍게 치유되는 것을 보게 됩니다. 어쩌면 전 아주 가까이에서 '진짜 인플루언서'들을 만나고 있었는지도 모르겠다는 생각이 들었습니다.

내 곁의 사람에게 힘이 될 수 있다면, 그 누구라도 인플루언서의 인생을 산다고 말할 수 있는 게 아닐까요?

《나의 친애하는 악플러》를 통해 그런 우리 주변의 '영향력자'를 돌아보고자 했습니다. 사람이라면 으레 그렇듯 주언이도, 유안이도, 미숙하고, 부족한 존재들이지만 누군가를 빛으로 이끌지요. 이 이야기를 쓰면서 저도, 독자 여러분도 자신에게, 또 내 곁의 누군가에게 그런 인플루언서가 되어 주기를 바랐습니다. 끝으로 프랑스 철학자 시몬 베유의 말을 되새겨 봅니다.

"상상 속의 악은 낭만적이고도 다양하나, 실제의 악은 우울하고 단조로우며 척박하고도 지루하다. 상상 속의 선은 지루하지만, 실제의 선은 언제나 새롭고 놀라우며 매혹적이다."

2024년 가을
나윤아